"最讨厌的人：
最喜欢的人：
还是阮雨声。只有阮雨声。"
太迟了。
这场雨来得太迟，
迟到了整整十五年的时间。
十五年，只为等一场雨停。
孟栀晚

有爱的青春陪伴者

潇潇雨声迟
孟栀晚
/著
贵州出版集团
贵州人民出版社

图书在版编目（C I P）数据

潇潇雨声迟 / 孟栀晚著. -- 贵阳 : 贵州人民出版社, 2023.1
ISBN 978-7-221-17314-0

Ⅰ. ①潇… Ⅱ. ①孟… Ⅲ. ①长篇小说－中国－当代 Ⅳ. ①I247.5

中国版本图书馆CIP数据核字(2022)第182061号

潇潇雨声迟

XIAOXIAOYUSHENGCHI

孟栀晚 / 著

出版统筹：陈继光
选题策划：大鱼文化
责任编辑：潘江云
特约编辑：周丽萍
装帧设计：刘 艳 孙欣瑞
封面绘制：喆喆米 冉 吾
出版发行：贵州人民出版社（贵阳市观山湖区会展东路SOHO办公区A座 550081）
印　　刷：天津睿和印艺科技有限公司
开　　本：880毫米×1230毫米 1/32
字　　数：201千字
印　　张：8.5
版　　次：2023年1月第1版
印　　次：2023年3月第2次印刷
书　　号：ISBN 978-7-221-17314-0
定　　价：42.80元

目录

/contents

目录

/contents

目录

/contents

目录

/contents

第一章

叶潇没有自由

现实不是童话，不会有王子来救她。

如果要问小时候的叶潇在这个世界上最讨厌的人是谁，她给出的答案一定是她的表弟叶风。因为从她记事以来，无论做什么事情，妈妈都一定要拿她和叶风比较一番。

妈妈说，无论做什么事情，她都必须要比叶风做得更好。

叶风比她小一岁，是她小姨家的孩子。她和叶风之所以都姓叶，是因为爸爸和她的小姨夫是本家兄弟。听说妈妈最早喜欢上的人其实是她的小姨夫，但小姨夫却早就和小姨两情相悦了，所以妈妈才勉强嫁给了一直对其很好却并不怎么招其待见的爸爸。

实话说，叶潇从小就很不喜欢她妈妈。

她妈妈是县卫生局的会计，为人强势脾气差，常因为随便一件小事就对她和她爸爸大发雷霆。和妈妈相比，在乡政府担任党委秘书的爸爸从来不发脾气，做事也慢慢悠悠的，却常常被妈妈骂不思进取。比她幸运一点，爸爸作为乡政府干部需要常年住在乡下，只有周末才会回家住。于是家里变成了她和妈妈的主场，也变成了她自己一个人的受难场。

叶潇知道，妈妈心里一直嫉妒小姨。大概是因为小姨和小姨夫都是“科级”干部，一直是这个大家庭里最受关注的人。

她觉得，妈妈一定是希望得到家里人更多的认可，所以才会越来越严格地来要求她。

叶潇从小就听妈妈说，她和叶风是不一样的。

叶风可以每天去小卖部买零食吃，买碳酸饮料喝，但她不可以。

叶风可以在每晚写完作业之后肆无忌惮地看电视，玩电脑游戏，但她不可以。

叶风可以呼朋引伴，在周末和寒暑假的时候出去到处玩，但她不可以。

因为妈妈说，叶风生来就比她更聪明、更懂人情世故，所以她必须要付出更多的努力，才能在各方面都超过叶风。

从小到大，她听到妈妈对她说过太多个“必须”。她必须漂亮，必须优秀，必须多才多艺，必须懂礼貌……

她觉得自己就像一块橡皮泥，被妈妈捏来捏去，然后塞进一个个有固定形状的模具里。

但叶风是和她不一样的。

用大人们的话说，他们姐弟俩长得都好看。但叶潇知道，他们俩的“好看”并不是同一种好看。她长得像爸爸多一点，五官轮廓棱角清晰，笑起来还好，不笑的时候会给人一种冷冰冰的距离感。叶风却长得像她的小姨多一点，眉眼是柔和的，虽然不笑的时候同样是棱角分明的一张脸，可只要他一笑，脸上的棱角就会化开，给人的感觉特别阳光。可气的是，叶风整天都笑呵呵的，于是他讨喜的性格和他讨喜的长相完美地融为一体，让他注定比她更招人喜欢。

叶风就不会像她一样，被当作橡皮泥塞进模具里。他生来就聪明、优秀、开朗，和谁都聊得来……从来不用像她一样，每天顶着一张假笑的脸，做一大堆功课去努力扮演一个讨所有人喜欢的乖宝宝。

她羡慕叶风，羡慕他每天都能那么开心、那么自由。

她也好想和他一样自由。

叶潇习惯了把自己封闭在内心的小房子里，不给任何人推门走进来的机会。她努力去扮演那个完美的叶潇，没有勇气在任何人面前暴露自己真实的样子。

直到小学五年级那年，在姥爷的退休宴上，叶风无意间推开了她心里的那扇小小的门。

姥爷正式退休那天，家里的长辈们宴请了很多亲戚和宾客在一家酒店的包厢里吃饭。饭桌上，大人们互相敬完一轮酒之后，几个叔叔阿姨忽然张罗起来，让叶潇带着叶风给大家敬一杯酒，再表演一个节目。

“我不知道要演什么节目。”叶潇小声对妈妈说。

“随便唱首歌就行。”妈妈斜了她一眼。

“我不会唱。”叶潇又说。

“音乐课学了那么多歌，怎么就不会唱了？”妈妈厉声道。

“要不算了吧姐，别为难两个小孩了。”坐在妈妈一旁的小姨开口劝道。

“那不行。”坐在叶潇身边的舅妈突然说，“小孩就得多锻炼，不然长大之后怎么办？潇潇得多向小风学学啊，人家小风面对这种场合就从来不打怵！”

妈妈本就冷下来的神色瞬间更加冰冷，扯着笑意的唇角也立时耷了耷。

“他天生就这性格，人来疯似的，管都管不住。还是潇潇乖，懂事又省心，我就更喜欢潇潇。”小姨马上接话说。

叶风正上完厕所回来，刚推门走进来，就被叶潇的妈妈招呼了过来。

“来，带着你弟弟一起，给姥爷敬个酒，再给大家表演个节目。”妈妈对叶潇说。

人声嘈杂的房间里瞬间安静下来，长辈们纷纷将殷切期盼的目光投到了这两个小孩子身上。

叶潇被迫缓缓起身，双手举着装满橙汁的玻璃杯，一时间不知道自己该说点什么。

要祝姥爷身体健康吗？然后呢？要怎么祝福退休的人，祝他退休快乐吗？

“小风，你姐不会说，你先说一个，让她学学！”见叶潇久久不说话，舅妈扭头对站在一旁的叶风说。

叶风一蒙，还没反应过来，妈妈就把话抢了过去。

“哪有弟弟先敬酒的，怎么说也得姐姐带弟弟！叶潇，你给我赶紧的！”

叶潇皱着眉，憋红了脸说：“祝姥爷退休快乐，身体健康。”

叶风站在她身边，极为自然大方地附和说：“姥爷退休快乐啊，以后您就可劲在家研究您的象棋，种您的那些花吧！”

姥爷笑得眼睛都眯成一条缝，端起酒杯向他们两个小孩子道谢。

叶潇看得出来，姥爷是听了叶风说的话才这么开心的，而不是因为听了她说的那句干巴巴的客套话。

妈妈也看出来了，于是又瞪了她一眼。

“你们俩要给大家表演什么节目啊？”姥爷放下手里的酒杯，笑眯眯地问叶潇和叶风。

叶潇嘴巴张了张，一时没有回答上来。

她是真的不想在这么多人面前开口唱歌。

“我姐语文好，就让她背首诗吧！我背诗太费劲，所以给大家唱首歌！”叶风乐呵呵地说，说完还得意地冲她挑了下眉。

叶潇如释重负，用流利顿挫的语调背完了一首《望岳》。叶风接着唱了几句《我和我的祖国》，唱得竟然还挺好听。叶潇想，这一定得益于他每天无时无刻不在嘴里哼着歌，熟能生巧。

她和叶风就这样在众人的掌声和夸奖声中结束了节目。

叶潇刚想坐下，就看到站在自己身侧的叶风扯了一下她妈妈的袖子。

“二姨，”叶风对她妈妈说，“我们科学课老师让我们观察金鱼，我看一楼大厅正好有个鱼缸，能让我姐陪我去看看吗？顺便让她给我讲讲。”

“去吧，有不明白的地方就问你姐！”叶潇的妈妈说。

“好嘞！”叶风说完，兴高采烈地拉起叶潇的胳膊，把她拉出了包厢。

叶潇被叶风拉着一路下了楼梯，来到了一楼大厅。她这才发现，原来叶风并没有打算带她去观察什么金鱼。

她被叶风拉到了大厅最里面的自助免费餐饮区，一条长长的方桌上摆放着爆米花机、奶茶机、冰激凌机和糖果盒。

“吃吧！想吃什么吃什么！”叶风笑眯眯地说，表情和语气极为豪爽仗义，仿佛这片餐饮区是他自己家开的一样。

叶潇怔怔地看着眼前这些妈妈从来不允许她吃的垃圾食品，大脑有点迟钝放空。

“我二姨不是一直不让你吃吗？你在这儿放心吃吧！我替你保密，不会让她知道的！”

叶潇的视线从眼前琳琅满目的好吃的东西上，缓缓移动到了叶风笑得灿烂的脸上。

她忽然有点鼻酸。

为什么要对我这么好？你不知道我最讨厌你吗？

她想问他，却实在问不出口。其实叶风并没有做错什么，因为他就是这样的一个人。

她只是嫉妒他罢了。

叶风在冰激凌机上接了一支甜筒递给她，然后自己也接了一支吃起来。叶潇低头舔着凉丝丝的甜筒，在心里做了一个十分重要的决定。

她决定不再讨厌叶风了。她心里那扇紧闭的门，被叶风轻轻地推开了。

那天之后，叶潇开始频繁地去叶风家玩。以前小姨邀请她，她总是会拒绝，因为她觉得自己讨厌叶风，一点都不想和他一起玩。

可现在她却不再这样想了，因为她在心里把叶风当成了“自己人”，那个推开门走进她小小内心的人。

小姨和小姨夫经常会在周末加班，她和叶风两个人在家，她可以肆无忌惮地喝冰箱里的冰可乐，抱着薯片躺在沙发上看漫画和打游戏。叶风不会向她的妈妈告密，他们俩各玩各的，相处得十分和谐融洽。

“整天往别人家跑，你自己没有家啊！”

某个周日的早上，当在她再次收拾书包打算去叶风家时，妈妈一脸不满地朝她吼道。

她拉书包拉链的动作顿了顿，没有说话，只是继续把书包的拉链拉好，不理会妈妈的黑脸，推门走了出去。

那天她心情不怎么好，来到叶风家之后，看到叶风正窝在沙发上打游戏，忽然也想打几局游戏发泄一下情绪。

“咱俩一起打，我和你比赛。”叶潇放下书包坐在了沙发上，拿起手边的游戏机对身旁的叶风说。

“好啊。”叶风正聚精会神地盯着游戏机屏幕，头也没抬地应声道。

叶潇没有想到自己玩这个游戏居然能这么弱，连着三局都输给了叶风。她好像又听见了妈妈在她耳边说“你拿什么和叶风比”，心里一阵烦躁，“啪”地把手里的游戏机扔到了不远处的玻璃茶几上。

“你怎么了？”叶风从游戏机里猛然抬头，一脸困惑地问。

“我不喜欢输。”叶潇冷着脸，没什么表情地说。

叶风愣愣看了她几秒，妥协道：“那下局我让着你。”

“我也不喜欢别人让着我。”叶潇再次开口。

叶风手上的动作顿住，用一种“那你到底想怎么样”的崩溃眼神看向了她。

“算了，不玩了，我去写奥数卷子了。”

“行，我也不玩了，咱俩一起写。”叶风放下游戏机说。

因为叶潇和叶风只差了一个年级，所以两个人的奥数班这次发下来的奥数卷子恰巧是同一张。

书房里，叶风不到半个小时就把卷子给做完了，百无聊赖地开始转笔玩。坐在他旁边的叶潇却被最后一道大题卡住了，完全没有解题思路，迟迟不知道该如何下笔。

叶潇很不喜欢这种做不出来题目的感觉。

她烦躁地用自动铅笔在题干下面划线，笔尖划破纸张的声音尖锐刺耳，带着明显的糟糕情绪。

“用不用我教你？”叶风扭头问她。

“不用了。”叶潇淡淡道。

叶潇又看了半天题目，依旧没有任何解题思路，“啪”地放下笔，叹了口气偏头说：“叶风，你知不知道，我其实真的……好累。”

“累了你就歇一会儿。”叶风说。

“我说的不是你说的这种累，是另一种累……”叶潇皱着眉头解释，用期盼的目光问他，“你能明白我说的话吗？”

叶风一头雾水，摇了摇头。

叶潇觉得自己一定是因为题目做不出来，所以急得连脑子都不太清醒了。她竟然妄想向叶风倾诉自己憋在心里的委屈心事。

“算了。”叶潇不想再和他解释，继续把头埋进奥数卷子里，默默盯着卷面上的一片空白，心里的酸涩越发汹涌。

她终于意识到，叶风什么都不懂。

这个世界上真的有人能懂她吗?

童话故事里，被锁链绑住的公主总能等到骑着白马的王子匆匆赶来，解救她于危难之中。然而现实世界里，不但没有为她而来的王子，就连一个发现她被绑住的人都没有。

那天晚上，叶潇在小姨家吃完晚饭后，小姨想让她留下住一晚，明天继续在这里玩。

叶潇礼貌地回答道："谢谢小姨，我收拾一下东西就回去了。"

叶潇回到家后，刚换了拖鞋打算回房间，就看见妈妈拿着锅铲从厨房里走了出来，抱起胳膊问她："别人家好玩吗？玩够了吗？明天还去吗？和叶风一起玩就这么高兴？"

其实不太高兴。

这一刻，叶潇终于意识到，小姨家不是她的避难所，叶风也不是她的救世主。

而现实也不是童话，不会有王子来救她。

叶潇抱着书包回到房间，关上房门后在书桌前坐了下来。她拉开书桌的抽屉，把前几天自己偷买的一个带密码锁的日记本拿出来，翻开第一页，写下了这样一句话：

"叶潇没有自由。"

第二章

讨厌的阮雨声

叶潇使劲晃了晃脑袋，想把脑海里这个讨厌的阮雨声晃出去，却怎么都晃不出去。阮雨声实在是太讨厌了。

那天之后，叶潇终于想通了一个道理。

她不再指望有人能走进她的心里，懂得她内心深处的疲惫和难过。她曾经尝试打开心里那扇小小的门，用真实的自己去迎接那个推门走进来的人，却最终不幸失败。

真实的叶潇没那么好，她必须要努力扮演好完美的叶潇，才能得到别人的羡慕和喜欢。

她不再在酒席上别别扭扭，开始把敬酒词背诵得滚瓜烂熟，声情并茂。她不再迷恋打游戏和看电视，比别人付出更多的时间来学习，终于能够次次考双百，再也不会在数学试卷上留下任何一道题目的空白。

她再也不会去问，为什么叶风可以活得那么开心自由，她却不可以。

她再也不会去问。

终于，她慢慢变成了那个让包括妈妈在内的所有长辈都特别满意的叶潇，一个比贪玩咋呼的叶风更加优秀懂事的叶潇。舅妈不再蓄意挖苦她，叶风开始被长辈们数落“为什么不能向你姐学学”，而叶风则一脸不屑地问：“我为什么非得要像她一样？”

她在心里说，叶风，你一定不要像我一样。

如果你变得像我一样，你一定会特别不快乐。

刚过完十二岁生日的叶潇，活得像个二十岁的小大人。

六年级上学期开学的第一天，作为班长的叶潇早早地背着书包来到了学校。她把语文课本从书包里掏出来，打算去讲台上带领全班同学进行语文晨读，忽然看到班主任老师从教室门口走了进来。和她一起走进来的，还有一个陌生的小男孩。

叶潇看得出来，这个小男孩应该是班上新来的转学生。这个转学生长得很漂亮，气质也很不错，以至于叶潇在看到他的第一眼时，瞬间在心里拉起了警报的防线。

因为她下意识地觉得，第二个叶风在她的生活中出现了。

教室里，同学们纷纷抬起了头，用好奇兴奋的目光打量这个突然出现的漂亮小男孩，只有她把头埋进了语文课本里，在心里一遍遍地祈祷和默念。

“希望他千万是个捣蛋鬼，除了漂亮没有别的优点，成绩差得一塌糊涂，个性也特别糟糕……”

却没忍住，也抬头偷看了他一眼。

因为他长得实在太好看。

叶潇自认为并不是没有见过长得好看的小孩。叶风从小到大在她眼前晃，她对叶风的那张脸早就已经免疫了，从来都不想多看上一眼。但不知道为什么，这个小男孩的长相，却很像童话书插图上的那个小王子，让她忍不住想要再多看一眼……

“大家好，我叫阮雨声，‘阮’是耳元‘阮’，‘雨声’就是那个……潇潇雨声的‘雨声’。”

男孩站在讲台上，亲切大方地向全班同学做自我介绍。

“哟，‘潇——潇——’雨声啊！”

班里某个捣蛋的男生忽然拖着长音大喊了一声，于是全班同学纷纷扭头看向了叶潇……大家窃窃私语起来，脸上带着八卦的笑意。

叶潇霎时脸上一阵发烫，脖颈也开始有点泛红。这种当着老师和全班同学的面被公然起哄的羞耻感让她一下没能维持住平时习惯表演出来的端庄得体……她猛地抬起头，却没有去看那个起哄的男生，反而冷着脸，用凶巴巴的眼神瞪了这个站在讲台上的罪魁祸首一眼。

阮雨声和她的眼神对上，不明白发生了什么，被她瞪得一脸茫然。

班主任蹙起眉，出言制止道：“行了行了，整天不琢磨有用的，一个个就知道瞎起哄！”

“阮雨声，你就先坐……”班主任用目光环视了教室一圈，发现只有第一排叶潇座位的旁边有个空位，“坐第一排，挨着叶潇坐。”

“哟——”几个男生又开始起哄，被班主任老师拿起讲台上的尺子猛拍了几下黑板制止。

叶潇红着脸目不斜视，把头深深地埋进语文书里。第一排靠窗离讲台最近的这个座位是妈妈私下和班主任软磨硬泡换来的。她一直很反感妈妈这种搞特殊的行为，明明搞特殊的人是妈妈，要承受搞特殊的后果的人却是她。

她一直没有同桌，也没有一个可以说真心话的好朋友。班里的女生都有点怕她，她们对她很友好，但也很客气。至于班里的这些男生，除去几个不爱说话的，其他男生在她的心里几乎都是同一副面孔，他们整天不是瞎起哄就是和班干部唱反调，不守纪律又自以为是……一群不好好学习只会捣乱的家伙罢了。

如今她却猝不及防地拥有了一个“同桌”，这个“同桌”还是个各方面看上去都十分出色的男孩。

阮雨声背着书包朝她身边的空位走过来，刚坐下就碰了碰她的胳膊，兴高采烈地笑着对她说：“同学，咱俩还挺有缘分。”

很多年后，叶潇仍然记得她和阮雨声的这次初见。她永远记得他对她说的第一句话：“咱俩还挺有缘分。”

有缘分吗？

他们之间的缘分是这样短暂，仿佛手里的一捧细沙从指缝间匆匆流去。叶潇拼命地去握，却最终只握住了他们在小学六年级这一年唯一的一点美好的回忆。

然而当时的叶潇却只是腹诽，谁和你有缘分？

叶潇冷着脸，根本没接他的话，双手扳住椅子的两边，把椅子往靠窗的一侧挪了过去。不光是椅子，她把笔袋、课本和水杯都往靠窗的一侧挪了挪，狭窄的空间让她连胳膊都伸展不开，她却还是拼命地想离旁边这个讨厌的家伙再远一点。

在开学仅一天的时间里，叶潇就飞速地验证了自己之前的猜测。这个突然出现在她生活中的阮雨声，果然成为她身边的第二个叶风。

这个阮雨声和叶风一样，不但长得好看，还天生聪明，成绩优秀，性格好，人缘好……

数学课上，老师总是会利用下课前最后十分钟的时间在黑板上写下一道难题，帮助同学们扩展学习思路。每到这时，叶潇就会快速解出题目，然后静静等待老师开口一遍遍地询问有没有人能把题目解出来。询问的结果永远是一片安静，于是老师便会点名让她去黑板上解。黑板前，她用清楚工整的字迹写下完整准确的答题步骤，在老师和同学们的夸赞声中理所当然地成为这个小小屋子的中心。

然而今天，在新学期的第一节数学课上，这个突然冒出来的转学生却在老师话音刚落时就高高举起了手，在叶潇还没理清解题思路的时候，直接把解题步骤和答案大声地说了出来。

同学们欢呼尖叫，后排的男生更是起哄得厉害。不知道为什么，明明大家只是在夸奖他，她却觉得大家对他的每一句夸奖都等同于在她耳边说："叶潇，你不行。"

叶潇终于在这一刻明白，原来她的对手并不是只有叶风。就算她战胜了叶风，命运还会安排一个阮雨声出现，未来或许还会有更多的阮雨声出现在她的生活中……

她究竟要怎样才能永远当第一，战胜出现在她生活中的所有人？

叶潇正陷入绝望的人生思考中，忽然听见身边的人开口说："主任让我待会儿放学去体育馆领校服，我找不到路，能麻烦你帮忙带个路吗？"

"我也不知道路。"叶潇说。

阮雨声一怔，困惑问道："你不是班长吗？咱班校服不都是你去领的吗？"

"去过就一定要记得路吗？"叶潇理直气壮地说，"我忘了。"

放学铃响后，阮雨声被班主任叫去了讲台，说要交代他一些转学相关的注意事项。叶潇把书包收拾好背上，站在座位旁等阮雨声。

"你在等我吗？"阮雨声从讲台上走下来，一脸惊讶地问。

“没有。”叶潇板着脸。

“哦。”阮雨声无奈地撇了下嘴，慢悠悠地开始往书包里装东西。

“你能不能快点？我妈在校门口等我，晚了她又该……”叶潇话说了一半就收了回去。

她为什么要和一个转学生说自己的事？

她从来没有和任何人说过关于自己的这些事。

“我马上好！”阮雨声闻言连忙把书包装好，跟在她身后走出了班级门口。

“你刚才说你晚了，你妈妈又该怎么样了啊？”他追着她问。

“你问这些干吗？”叶潇问。

“是你自己话说了一半的！”阮雨声委屈巴巴地说。

两人走出教学楼，路过小卖部的时候，阮雨声忽然朝里面指了指：“我想进去买点东西。”

叶潇看了眼手表上的时间，无奈地点了下头。

小卖部门口的柜台前有很多学生在排队结账，叶潇不想进去挤，于是站在外面等阮雨声。没过多久，她看见他拿着两支雪糕走了出来。

“请你吃，感谢你帮忙！”

“我不想吃，你自己吃吧。”叶潇拒绝道。

“两支我真吃不了，”阮雨声把雪糕塞进她手里，“那你拿回家吃！”

“我妈不让我吃。”叶潇再次拒绝。

阮雨声却准确抓住了她话里的重点：“你到底是真的不想吃，还是因为你妈不让你吃，所以说自己不想吃？”

“这重要吗？”叶潇问他。

“当然重要了，你妈这是在剥夺你的权利，你得学会反抗。”

叶潇忽然看着他笑了，笑意里满是苦涩。终于有人替她说出她的心声了……虽然，是眼前这个抢尽她风头的讨厌鬼说的。

“如果反抗不了呢？”她问。

“那你就在她管不了你的时候行使你的权利啊。”阮雨声得意地拍了拍胸口，“比如和我在一起的时候。

“给，吃吧！”

叶潇怔了怔，小声说了句“谢谢”，垂头一边咬雪糕一边和他往体育馆走。

霞光洒满天际，叶潇一步一步踩在被暮色染红的路面上。雪糕冰得她牙齿打战，她的心里却被夕阳烘出了浅浅的暖意。

领到校服后，叶潇和阮雨声一起走出了校门口。

四周已经没什么人了，叶潇的妈妈正站在树荫下不耐烦地打电话，看到从校门里慢悠悠走出来的叶潇，冷着脸走了过来。

“今天怎么出来得这么晚啊？”妈妈挂了电话，忍着脾气问她。

还没等叶潇解释，阮雨声就先开了口，礼貌地和她妈妈问了声好：“阿姨好！”

她妈妈笑了笑，回答说：“你好。”

“我是今天刚转学来的新生，我们班主任让班长放学之后带我去领校服，所以出来得有点晚了，让您久等了。”他主动解释说。

“没事。”她妈妈说，“她是班长，为你们服务是应该的。”

“她这个班长当得……”她妈妈语气试探，“还合格吧？”

叶潇一脸莫名其妙，侧头瞪了眼阮雨声，眼神里满是警告的意味。

“特——别——合格！”阮雨声的语调瞬间夸张了不少，故意拖着长音把“特别”两个字咬得很重，“她人可好了，对待新同学特——

别——热情！”

“那就行，”她妈妈笑得合不拢嘴，“那我们先走了，你也早点回家。”

“行，”阮雨声说，“阿姨再见，班长再见！”

回到家后，叶潇发现妈妈今天的心情似乎还不错。她和妈妈风平浪静地吃完了一顿晚饭，没有被妈妈挑刺和数落。

回到自己的房间后，叶潇坐在书桌前打算写作业，脑海里却不受控制地浮现出一个影子，像游荡的精灵一样飘来飘去。

他说：“同学，咱俩还挺有缘分。”

他说：“当然重要了，你妈这是在剥夺你的权利。”

他说：“那你就在她管不了你的时候行使你的权利啊，比如和我在一起的时候。”

她也不知道为什么他说过的这些话，做过的这些动作和表情，会在她的脑海中留下这么深的痕迹。

叶潇使劲晃了晃脑袋，想把脑海里这个讨厌的阮雨声晃出去，却怎么都晃不出去。

阮雨声实在是太讨厌了。

她拿起钢笔翻开了数学练习册，还没看完第一个题目就不由自主地在演算纸上写下了他的名字，又忽然懊恼自己为什么要写他的名字，于是用笔尖在“阮雨声”三个大字上用力地戳了戳。

第三章

你们必须听她的
“我不当班长了，你别哭，行吗？”

开学没多久，班主任突然要组织一次班委会的换届选举，打算重新选拔这一学年的所有班干部。

阮雨声转来班里后人缘一直很好，男生们和他打成一片，女生们也都特别喜欢他。在一个小集体里，大家好像倾向于让阮雨声这样的人来当他们的小领导。叶潇太端着了，冷冰冰的气质难以接近，管起纪律来更是说一不二，从来不给大家任何偷懒的机会。

于是在班级的换届投票选举中，阮雨声不出意外地取代叶潇成为大家票选出来的新班长，而叶潇则被迫降职，领了没人愿意领的卫生委员的职务。

班里几个不服管的男生趁机起哄，说她能力不行，干脆连卫生委员也别当了。

当十二岁的叶潇站在讲台上，扯着嗓子指挥底下乱哄哄的一群人打扫卫生的时候，她第一次体会到了大人们常挂在嘴边的“有心无力”是一种什么样的感觉。

没有人肯听她的话。

没有人愿意听她的安排去打扫卫生。

大扫除那天，在那几个爱挑事的男生的带头下，班里的同学们一哄而散。她一个人拧着抹布上的脏水，忽然看见阮雨声抱着篮球从门口大摇大摆地走了进来。

“你怎么这么讨厌！”她朝他吼，眼眶红红的，明明语气很凶，眼泪却滚落下来。

他被她吼得一脸茫然，在看到她的眼泪掉下来的时候，一下子慌得不行。

“你怎么了？”他手忙脚乱，不知所措地说，“你别哭啊。

“我向你道歉，我特别讨厌，你别哭行不行？”

见他这副样子，叶潇忽然就委屈不起来了，一下子破涕为笑。

明白了其中的原委之后，阮雨声便利用自己的职务之便在课间给全班同学开了个小会。

“你们听好了，以后不管叶潇给你们安排什么任务，你们必须全都听她的，知不知道？”

“凭什么听她的啊？”

“对啊，凭什么听她的啊？”几个犯浑的男生在下面扯着嗓子喊。

“我是班长，连我都要听她的，你们凭什么不听她的？”

“哎哟——”班上的男生一阵唏嘘，“连班长都要听她的啊——”

叶潇一脸尴尬，脸一阵红一阵白，越来越害臊。

“你不会又要哭了吧？”阮雨声敏锐地捕捉到叶潇不太对劲的表情，连忙问，“你真的又要哭了？”

怎么会有这么讨厌的人？

叶潇鼻腔酸涩，泪意瞬时汹涌而出。

“要不我和老师说，我不当班长了。”阮雨声放轻了声音，委屈巴巴地问，“我不当班长了，你别哭，行吗？”

叶潇的眼泪又被他这副样子给硬生生地憋了回去，再次破涕为笑。

叶潇发现，在那天阮雨声给大家开完小会之后，班里的那些男生真的再没不听她管，没再给她找过麻烦。

一周后的体育课上，体育老师忽然通知这一整个学期的体育课都要用来学跳交谊舞。交谊舞是校领导想出来的一种新的课间操形式，听说期中考试之前会有市教委的领导来检查这种新形式课间操的呈现效果。

学校规定交谊舞必须男女一组来跳，体育老师让大家自由结伴分组，操场上的小小角落里瞬间炸了锅。

“咱俩一组咋样？”

“滚一边去，没听见男女一组吗？”

“你想和体委一组吗？你问问他？”

“我不敢问……”

大家三五成群，窃窃私语，只剩下叶潇和阮雨声原地不动地站在队伍之中。

“还能不能分出来了？你们是打算分组分一节课是吧？”体育老师吹了声哨子后，不耐烦地冲队伍大声喊道。

“从男生开始，一个一个来。”体育老师的目光落到了男生队伍里个子最高的阮雨声身上，“你和谁一组？”

叶潇和周围女生一起将目光投到他的身上，却发现他朝自己看了过来，连忙避开视线，把头转了回去。

女生队伍里，所有人都在用好奇的眼神注视着阮雨声，只有叶潇低下头去看鞋尖。

“叶潇！”还没等阮雨声回答，他旁边的一个男生突然高声喊道。

其他男生也开始跟着起哄，齐声喊：“叶潇！叶潇！叶潇！”

叶潇红着脸，一脸羞恼地转过头朝喊声传来的方向看了过去，看见他旁边的男生正撞着他的肩膀扯着嗓子起哄，他伸手把他们推开，却忽然笑了，笑得大方坦诚，抬眼看向了她，热切等待着她的回应。

叶潇不愿意承认，这一刻在她的眼里，四周的面孔都开始变得虚化模糊，只剩下他和自己，成了这个小小角落里的男女主角。

“来，你俩出列，一起站到旁边去。”体育老师说。

叶潇无奈之下走出队伍，看都没看阮雨声，径直走到了一旁的空地上。阮雨声跟在她身后，走到她的身边站好。

“能和你一组太好了，以后体育课靠你了，跳舞我可真是一点都不会。”阮雨声偏头对她说。

原来这才是他愿意和自己一组的真正原因。

叶潇莫名一阵失落，只觉得心里有一团无名火熊熊燃烧了起来。她想把这团火扔到旁边这个讨厌的家伙身上去。

班上的其他同学都一一分好了组。体育老师安排好队形后，让大家听着音乐开始看示范。

“跟着音乐看两遍，然后找一组同学上来做。”体育老师说。

叶潇瞬间神经紧绷。

虽然她一直都是学校的领操员，但她学起动作来其实并不快。她能够跳得好，是因为她总是会在回家之后偷偷去练。

这次老师说看两遍示范就找同学上去跳，万一她被选中，然后跳错了怎么办?

跳错了也没关系，跳错了也很正常，可她是叶潇。

别人可以出错，叶潇不可以。

“欸，你没感觉这个舞也太……”叶潇正聚精会神地记着拍子和动作，忽然听见身边的阮雨声凑到她耳边小声说话，马上制止了他。

“你别说话，认真看！”

阮雨声立刻不再作声。

两遍的观看时间结束，体育老师高声问：“有哪组准备好了，想主动上来给大家做一遍吗？”

队伍里瞬间寂静无声。

“大家想看哪组？”体育老师再次开口。

“叶潇、阮雨声！”

“潇潇雨声！”

“潇潇雨声！”

原本安静的队伍一下热闹非凡。

“他们怎么这么烦？”叶潇皱着眉，声音很小地抱怨道。

“你说谁烦啊？老师还是咱班同学？”阮雨声笑呵呵地问。

叶潇突然抬头瞪他。

“你别瞪我，我同意，我也觉得他们都特烦。”阮雨声辩解道。

“来吧，你俩上来吧。”体育老师说。

叶潇和阮雨声一起走到了队伍最前面。音乐声响起，阮雨声像模像样地鞠躬伸手，叶潇把自己的手搭在了他的手上。

然而在跳舞的过程中，阮雨声脚下的动作一直在出错，好几次都差点把叶潇踩到或绊到。

叶潇有没有做错动作大家已经无心关注了，所有人的注意力都集中在阮雨声身上。

“笑死了，他刚刚是不是根本没看示范？”

“我感觉叶潇快被他气崩溃了。”

“我女神好惨……”

“你怎么回事？”叶潇低声问。

“不是都跟你说了我跳舞一点都不会了嘛。”

“你连那么难的数学题都能解出来，这么一点动作记不住？”

“这两件事有什么联系吗？”阮雨声费解，“我数学好不好和我会不会跳舞有什么关系？”

“那你……不怕丢脸吗？”她话还没说完，就听见阮雨声向她嘘了一声。

“咱俩别继续跳了，再跳下去你露馅了怎么办？”

叶潇忽然抬头看他。

“我知道你也没记住动作。”阮雨声拆台说。

“谁说我没记住……”叶潇皱眉辩解。

阮雨声露出灿烂的笑：“丢脸这种事，我一个人负责就行。”

“老师！”他很快停了动作，诚恳认错道，“我真不会跳了，对不起！”

老师关了音乐，无奈地叹气，对叶潇说：“你课后好好教教他！下节课再上来做一次！”

“好！”阮雨声欣然答应。

放学后，阮雨声双手撑在身后坐在操场上，仰着头看叶潇一遍遍地练动作。

“我发现你还真是精益求精。”阮雨声说。

“你累了可以先回去。”

“我在这儿陪你。”阮雨声说，“你练多久我陪你多久。”

“为什么？”叶潇问。

“不想回家写作业，在这儿晒太阳多舒服啊。”阮雨声伸了个懒腰，懒洋洋地回答道。

叶潇瞪了他一眼，没理他，自己继续练习。

第四章

她和他绑定了

“骑士的职责就是守护公主。放心吧，有我在，永远不会让你输的。”

伴随着课间操评比考核的顺利结束，期中考试也落下了帷幕。考试前一晚叶潇没太睡好，第二天考完试的下午，她早早来到了教室，打算利用课前休息时间趴在桌子上睡一会儿。

叶潇睡得迷迷糊糊，在听见上课铃响时抬起头，看到阮雨声抱着篮球一瘸一拐地从教室门口走进来，膝盖上破了块皮，带着刺目的鲜红血迹。

“你刚刚打球的时候摔的？”她问。

“二班有个小子撞我。”阮雨声把球放下，撇嘴道。

叶潇盯着他腿上的伤口看了看，问：“你不擦点药吗？”

“不用。”阮雨声拿起桌上的矿泉水瓶仰头喝了一口，漫不经心地说，手里的矿泉水瓶却被叶潇一下抢了过去，让他差点呛到。

“你干吗？”

“我保温杯里的水太烫了。”叶潇解释说。

在阮雨声不明所以的目光注视下，叶潇从桌箱里翻出了一小包纸巾，然后抽出一张纸在上面倒了点水，递给他说：“你擦一下，上面有沙子，看着脏。”

“我还纳闷你怎么突然这么关心我，原来是连我的伤口都嫌弃。”阮雨声接过纸，嘴上嘟囔抱怨着，唇畔却含了笑意，一边乖乖地擦伤口，一边抬起头去看她。

叶潇出奇地安静，没和他争辩。他觉得奇怪，正打算问她今天怎么了，忽然看见一个创可贴被递到了他的眼前。

“你竟然连这种东西都随身带着？”他撕着创可贴的包装纸感叹道，注意到她俯下身，蔫巴巴地趴在了桌子上。

“你怎么了？昨晚没睡好？”他问。

叶潇轻轻“嗯”了一声。

上课铃声响起，美术老师抱着画板从教室门口走了进来。

“今天这节课咱们自由画，就当练习课了，画完的画也不用交，同桌之间互相点评一下，找找优缺点就行。”

美术老师说完便走上讲台，拿起粉笔在黑板上画了一个书名号，又在书名号里写了一个大大的“鸟”字。

“开始画吧。”美术老师放下粉笔，在讲台的椅子上坐了下来。

叶潇愣愣地盯着眼前铺展开的白纸和油画棒，思绪渐渐飘散。语文课文里总是写“鸟儿自由自在地在天空中飞翔”。

飞翔当然自由，前提是，鸟儿有落脚的地方。

叶潇拿起油画棒，在白纸的上半部分画了一只漂亮的小鸟。

一张八开的白色画纸上，她画了一只张开翅膀飞翔的漂亮小鸟，却只画了这一只鸟。

一只飞翔在高处的、什么都没有的鸟。

她觉得自己画完了，把画纸递给阮雨声，却在抬眼看到阮雨声的画时，一下被逗笑了。

阮雨声的一张白纸被他分成了九个格子，每个格子里，画的是不同的鸟。吃泡面的鸟，和其他鸟聊天的鸟，盖着被子睡觉的鸟，坐在电视机前看电视的鸟……

“你的鸟为什么可以吃泡面看电视？”叶潇问他。

“鸟也需要休息，难不成还一直飞啊？”阮雨声理所当然，“但是它们的休息方式比较单一，所以我借画画帮它们提升一下生活质量。”

叶潇静静地看着阮雨声画里的鸟，忽然露出了温柔的笑。不会有人知道，她有多羡慕他画里的这些鸟。

“这就是你的画？你画完了？”阮雨声拿起她的画，眼神里满是不解。

叶潇点了点头。

“就一只鸟啊？你这个画也太单调了。”

叶潇看他拿起油画棒，第一笔就落在她画的鸟儿的正下方。

阮雨声拿着绿色的画笔，在画纸的下方画了一片乱糟糟的草，然后拿起不同颜色的画笔，在草丛上画满了红的、黄的、紫的等各种颜色的鲜花。

“这才是小鸟应该待的地方嘛。”阮雨声得意地把画递还给她，偏头看向她，语气认真地说，“小鸟就应该飞翔在鲜花盛开的地方。”

“丑死了。”叶潇一脸嫌弃地看着眼前的画，嘴上抱怨着，心里却有些温暖。

在画这幅画的时候，她把这只鸟当成了她自己。

它是飞得高高的叶潇，也是什么都没有的叶潇。

然而阮雨声却在她所在的地方画满了鲜花。

叶潇低头静静看着画，突然感觉鼻子里有什么东西滴落下来，溅到画纸上，在花丛里落下了一抹鲜艳的红。

叶潇一时没反应过来，刚要抬手去抹鼻子，就听见阮雨声在旁边声音急切地问："你怎么了？怎么突然流鼻血了？"他说着，把几张面巾纸塞进了她的手里。

叶潇仰起头，拿纸擦了擦鼻血，又把纸卷了起来，塞进鼻子里止血。

全程阮雨声都在盯着她的动作看，想帮又帮不上忙的样子十分无措。

"没事，我一睡不好就容易流鼻血。"叶潇处理完平静地说。

阮雨声却一脸委屈，忽然大声问她："叶潇你能不能别这么吓唬人？"

叶潇有些莫名其妙："我吓唬你什么了？"

"你突然流鼻血还不吓唬人？"阮雨声理直气壮地问。

"流鼻血有什么好怕的？你晕血吗？你膝盖上也有血，我也没见你害怕啊。"

"我不晕膝盖血，就晕鼻血行了吧！你要是再不好好睡觉，再在我面前流鼻血，你就是恶意伤害我，是要对我负责的！"阮雨声蛮不讲理地说。

叶潇笑起来，问他："你想让我怎么负责？"

阮雨声忽然不再说话。

"你的这幅画我也想要，可以送给我吗？"

阮雨声还在气头上，一声不吭地把画塞给了她。

叶潇发现，自从她有了阮雨声这个新同桌后，她和他就实现了某种程度上的绑定。

以前的计算机课上，她总是自己单独一个机位，在老师宣布可以自由操作后，装模作样地用电脑看电子书……余光却盯着前排同学电脑屏幕上的游戏界面或者正在播放的电视剧。

只是因为妈妈总是和班主任说："我们潇潇从来不玩游戏，也不看那些乱七八糟的电视剧。"然后班主任总是和全班同学说："叶潇同学从来不玩游戏，也不看那些乱七八糟的电视剧。"

她在别人的嘴巴里被剥夺了自己该有的权利。

"我要先去占个座。"计算机课开始前十分钟，阮雨声忽然起身说。

"坐哪儿不都一样吗？"叶潇问他。

"那怎么能一样，我得给咱俩占个最好的座。"他说完就急忙走了出去，连坐垫和课本都忘记了拿。

等到叶潇抱着她和阮雨声的坐垫和课本走进机房的时候，才发现原来阮雨声所说的"最好的座"，是隐藏在教室角落里被一个大柱子遮挡住的"无人之地"。

这里几乎是一个老师和同学的视线所不能及的地方。

她无奈地走过去，把他的坐垫和水杯递给了他。

"我才发现东西忘了拿，"阮雨声不好意思地挠头，"谢了啊。"

他挑了下眉问："咱俩这地儿怎么样？是不是特清净？"

叶潇无奈地笑了，点了点头。

自由活动时间，阮雨声问叶潇："你想玩什么？"

叶潇摇头："不知道。"

"咱俩打一会儿游戏怎么样？"他说。

"可是我……游戏打得不太好。"

“没关系啊，你还有我嘛。我和你组队，咱俩肯定能赢。”阮雨声说着，点开了桌面上的一款可以双人玩的网游。

“先来选游戏身份，你想要哪个身份？”

叶潇指了指游戏桌面最右边那个穿粉裙子的小公主。

阮雨声笑了：“好，你来当公主。那我选……我选骑士，骑士的职责就是守护公主。”

阮雨声按了几下鼠标，得意地说：“OK，组队成功。”

游戏规则很简单，每个身份的玩家需要躲避危险，在守护自己的领地不被炸弹炸掉的同时，向其他对手的领地投放炸弹，直到消灭掉所有对手的领地才算获胜。双人模式中，辅助角色是没有领地的，他的职责就是保护被辅助的角色，直到帮助被辅助的角色取得胜利。

游戏刚开始，叶潇就聚精会神地飞快敲击键盘控制起角色来，她肆无忌惮地去对手的领地里投放炸弹，因为阮雨声会一直跟在她身后，寸步不离，及时消灭掉任何想要攻击她的人。

“你胜负欲还挺强的嘛。”阮雨声敲打着键盘，漫不经心地说。

“我不喜欢输。”叶潇说。

阮雨声手上的动作一顿，然后手速极快地消灭掉一个突然出现在她身后的怪兽，笑着说：“放心吧，有我在，永远不会让你输的。”

叶潇怔了怔，正要扭头看他，就听见他大喊道：“快炸，快炸！”

她连忙回神，成功炸掉了最后一个敌人的领地，取得了这局游戏的胜利。

电脑屏幕上出现了烟花特效，叶潇作为获胜玩家获得了1000金币，可以随意购买金额范围内的奖品作为角色的装饰。

“这个王冠还挺好看的，水晶鞋也不错，正好都是1000金币。”

“你要是这两个都想要，咱俩就再玩一局……”

叶潇摇了摇头，没有选择王冠或者水晶鞋，而是选择了一套全新的骑士服，送给了阮雨声的角色。

“还是穿新衣服更好看。之前的衣服都被炸破了，好丑。”叶潇托腮打量着游戏界面上的小骑士，认真地说。

“那你……不要王冠和水晶鞋了？”

“要。”叶潇说，“咱们再玩一局，这次你还要帮我赢！”

“当然。”阮雨声信心满满地点开了下一局游戏。

第五章

你可以说给我听

"你想说什么都行，无论你想说什么，我都听你说。"

期末考试前一个月，北京一个名气很大的中小学英语辅导机构来县里开了分部。因为是小班教学，名额有限，家长们在听说这个消息后纷纷争前恐后地给自己的孩子报上了名。叶潇的英语成绩一直很好，却还是被妈妈报了名，需要在周日连上四节英语课。

晚上学钢琴的时候，叶潇实在太累，一不小心走了神，把一首简单的曲子弹错了好几个音。

这件事本身并没有什么大不了的。然而钢琴老师训斥她的话却恰巧被几个提前来接孩子的家长阿姨听到了，她们交头接耳，相互议论说原来这个叶潇也不过如此，也不是永远不会出错，也没有别人吹得那么神。

满是讽刺挖苦的话传到妈妈的耳朵里，妈妈当晚对她发了飙，罚她抄几十遍的琴谱。

叶潇没有争辩，没有解释，只是默默地坐在台灯照亮的书桌一角前，用铅笔一点一点地画着五线谱。

谁叫叶潇不可以累，更不可以出错。弹错了音符的叶潇十恶不赦，罪大恶极，就该接受最严厉的惩罚。

如果可以自己选的话，她早就不想再做叶潇了。

可惜她没得选。

第二天一早，叶潇拖着疲惫的身体上了四节课，一上午都在眼皮打架中度过。

下午第一节是体育课，大家都在操场上自由活动，教室里一个人都没有。叶潇趴在桌子上愣愣出神，想睡一会儿，却忽然怎么也睡不着。

她总是越累越容易失眠。

今天她是真的累了，好累好累。

“欸，你肩膀上有一只大虫子，特别大。”阮雨声抱着篮球走到座位上，语气欠欠地说。

叶潇身体一僵：“你赶紧帮我弄下来！”

“你自己弄呗，这么厉害的叶潇，难道连只虫子都会害怕吗？”

“我就是怕，不行吗？凭什么叶潇就不能怕虫子？”叶潇忽然抬起头看他，眼眶红红的，眼泪在一瞬间滚落了下来。

“你怎么了？对不起，你别哭……”阮雨声急忙解释，把她肩膀上挂着的杨絮拿下来，“我就是想逗逗你，这不是虫子，真不是……”

他问：“你到底怎么了？”

“没事，就是累了。”叶潇疲惫地说，又问他，“你知道有一种累，会让人特别不开心吗？”

刚问完这句话，叶潇就后悔了。

她曾经把这个问题抛给过叶风，得到了他困惑不解的反应。如今她又不长记性地把这个问题抛给了同样优越感十足的阮雨声。

她到底在想什么?

“我不知道，”阮雨声语气诚恳，“但我可以听你说。”

“说什么？”

“你想说什么都行，无论你想说什么，我都听你说。”

“你知道吗？从小我妈就不让我打游戏，不让我看电视，不让我吃零食，不让我喝饮料……

“我有个表弟，他特别优秀，家里人总拿我和他比，但是我比不过，他太聪明了，我好笨……

“我周末要上好多课，学好多东西，我真的很累，很烦……我想睡懒觉，我不想上课，但是我不上课就会被我妈骂……”

叶潇抽抽搭搭地哭诉，阮雨声坐在她的对面，偶尔被她前言不搭后语的话逗笑，边笑边拿纸给她擦眼泪。

“你笑什么？”叶潇含着眼泪茫然问他。

“笑你真的好惨。”阮雨声语气无赖。

叶潇抬手就要打他，却被他一下捉住手腕。

“以后你再遇到不开心的事，都可以像现在这样和我说。”阮雨声看着她，脸上的表情认真温柔。

叶潇抬眼，怔怔地望着他，断断续续地说：“那你会不会，把我现在这个样子告诉别人，然后和他们一起笑话我……”

“我哪敢啊？”阮雨声一脸无奈，“就你这么大的力气，我怕你会打死我。”

叶潇笑了，笑完又哭：“那以后我想找你的时候，你不可以让我找不到你！”

阮雨声点头。

“我凶吗？”她问。

阮雨声点头，发现叶潇在瞪他，又马上摇头。

“你讨厌我吗？”她又问。

“我为什么要讨厌你？”阮雨声不解地反问。

“因为我脾气差、任性，和你印象里的叶潇不一样……”

“欸，”阮雨声忽然笑了，问她，“你觉得我印象里的叶潇是什么样的?

“我转学来的第一天你就瞪我，把椅子挪得离我那么远，骗我说你不知道去体育馆的路。你还说你讨厌我……”

“你这个人怎么这么记仇！”叶潇恨不得把沾着鼻涕的纸巾砸到他身上去。

“这就是我印象里的叶潇啊，”阮雨声忍不住又笑起来，凑近她问，“你觉得和别人印象里的叶潇一样吗？”

叶潇怔怔地摇头。

阮雨声大概是在叶风之后，第二个见识过真正的叶潇什么样的人。

“但我觉得这个叶潇还挺可爱的嘛。”阮雨声笑着说，又声音很小地补充道，“我喜欢这个叶潇。”

“你说什么？”叶潇没听清，愣愣问他。

“我说，叶潇你鼻涕黏手上了！”阮雨声吼道。

“你怎么这么讨厌！”叶潇手里攥着纸巾就捶上了他的肩膀。

第六章

永远在一起

“阮雨声，以后我们都去同一个学校吧。因为我不想和你分开，永远都不想。”

叶潇觉得自己的生活好像发生了很大的变化，虽然实际上，她的生活和以前相比其实并没有什么不同。

可一切就都是变得不一样了。

每天早上，她照常早早地来到教室里，照常坐在座位上低头读语文课文，却在心里计算着他每天来到教室的时间，然后在看到他一只胳膊晃进门口的时候，心里没来由地开心起来。

当那些男生在她耳边乱起哄时，她照常一脸不悦，表现出一副完全不想搭理他们这群无聊的臭男生的样子，却在心里认定了他只可以和她一起玩，不可以丢下她去找别人。

当她做不出来题目，心情烦躁的时候，她会下意识地下笔很重地去划题干，发出的声音尖锐刺耳。这时候他会探着头凑过来，什么都不说，就只是盯着她烦躁的表情看，看着看着就憋不住开始笑。她又气又觉得丢脸，伸手把他的头按回去，烦躁的情绪却被化解了不少。

当她感觉很累，想要找人发脾气的时候，她照常把这些情绪压在心底，不向任何人表现出来，然后在没人的地方对他委屈巴巴地哭诉，把一肚子的埋怨都说给他听。在她很需要他又找不到他的时候，她会变得又慌又急，会在找到他之后对他凶巴巴地发脾气，然后被他手足无措的样子惹得破涕为笑。

在他面前，她开始变得想说什么就说什么，想做什么就做什么。她渐渐认准了他不会笑话她，不会讨厌她，不会生她的气，不会离开她……

虽然她自己也不知道，这种没来由的踏实与安心究竟是从哪里冒出来的。

“说了不行就是不行，你哪来这么多事儿？！”

周一的早上，叶潇背着书包走在校门口的林荫路上，忽然听见前面不远处传来了一个女人严厉的斥责声。

叶潇抬眼看过去，发现这个女人正在恶狠狠地瞪着对面的小男孩，而这个小男孩不是别人，正是阮雨声。

“我告诉你阮雨声，你别整天觉得自己想干什么就能干什么，等我和你爸离婚那天，你看看有人要你吗？”

阮雨声神色平静地低着头，没有还嘴和争辩，只是一脸无所谓地挨着骂。

叶潇心里十分不悦，蜷缩的手指下意识地握紧，握成了小拳头。

她凭什么说阮雨声没人要？

她凭什么这么说他？

即便知道这个人是阮雨声的妈妈，叶潇还是在心里燃起了一团愤怒的火。

在她的设想里，阮雨声的爸爸妈妈就应该像她的小姨和小姨夫一样。因为他看上去永远那么无忧无虑、优秀、脾气好、咋呼，什么事都不放在心上，和叶风那么像……但，现实好像和她想象的并不一样。

“阮雨声！”叶潇没再多想，大喊了他一声，几步朝他飞奔过去。

阮雨声的妈妈闻声朝她看过来，大概是碍于面子，脸上愠怒的神色收敛了几分。

“跟同学走吧，放学早点回家。”女人丢下一句话后，便转身离开。

“你今天来得有点晚啊。”阮雨声抬头对叶潇说，脸上带着一贯轻松的笑，好像刚刚的事没有发生过一样。

“你……”看他这样若无其事地笑，叶潇忽然有点难过，“你还好吗？”

阮雨声一愣，猜到叶潇一定是看到了刚才妈妈训斥自己的画面，他不好意思地用手挠了下后颈，笑着说，“我都习惯了，心情完全不受影响。”

叶潇没再说话，和阮雨声并排走在去往校门口的路上。

“其实你……”

其实你心情不好的时候，也可以对我发脾气的。

其实你遇到了什么烦心事，也可以和我抱怨的。

我不会凶你，也不会笑话你，我也可以一直陪着你的。

我也可以一直保护你的。

叶潇忽然很想把这些心里话都说给他听，却发现即便已经和他这么熟悉了，这些主动关心人的话，她还是不知道该如何说出口。

初晨的阳光柔和明亮，有凉风拂面而过，斑驳的树影在两人脚下摇摇晃晃。

“其实我什么？”听她话说了一半就不再继续说了，阮雨声疑惑地问道。

叶潇终于向自己投降，抿了抿唇说：“没什么。”

“欸，”阮雨声忽然碰了碰她的胳膊，“要不要我教你一个诀窍？”

“什么诀窍？”叶潇问。

“你不是说你妈也是这个脾气吗？我教你怎么在挨骂的时候对付她。”

“怎么对付她？”

“两个方法。

“要么你就假装听不见，左耳朵进右耳朵出，一直忍着听她把话说完。”

“如果实在忍不了呢？”她问。

“如果实在忍不了，那你就马上诚恳道歉，然后找个借口开溜，逃之大吉。”

“溜去哪儿？”

“我告诉你一个好地方，”阮雨声眼睛亮了亮，故意卖关子道，“等下午体育课的时候我带你去。”

下午第一节的体育课，趁着自由活动时间，叶潇和阮雨声一起偷偷翻墙跑出了学校。所有人一定都觉得像叶潇这样的乖乖女是不可能知道该怎么翻墙的，却不知道曾经的她因为经常和叶风混在一起，光是看就看懂了翻墙的方法技巧。

学校后门不远处的一条小巷子里，有一家装修特别文艺的奶茶店，店铺的名字叫“遇见”。

叶潇和阮雨声一起走进了店里，发现这家店真的很大，里面有好几个小房间。最里面的小房间里有几张双人小桌子，房间角落的柜子上放着一台电视机，可以连网点播，客人们想看什么就点播什么。

“我不愿意回家的时候就经常自己来这儿待着。怎么样，是不是挺不错？”阮雨声得意地问她。

叶潇笑着点了点头。

那天之后，叶潇经常借口自己放学要去书店看书，然后来这个奶茶店里和阮雨声一起写作业，一起聊天，一起看电视。

在失去了小姨家这个不太靠谱的避难所之后，叶潇拥有了一个全新的极为舒适的避难所。

在失去了叶风这个她自以为可以抓住的人之后，叶潇拥有了一个比叶风更加让她想要依赖和抓住的人。

阮雨声和叶风是不一样的。

阮雨声是和她同病相怜的。

阮雨声是懂她的。

阮雨声对她的包容是没有底线的。

阮雨声是永远不会离开她的。

阮雨声……

她和阮雨声在一起的时候，是特别特别开心的。

这种感觉很不一样。

比如，以前在小姨家的时候，她会觉得和叶风一起自由自在地吃零食和打游戏能够让她感觉到开心。但如果只是让她和叶风两个人待在一起，不让她吃和玩，她就不会觉得那么开心了。

可她和阮雨声在一起的时候却不一样。

即便什么都不做，就只是和他待在一起，和他说话，和他打闹，她还是会觉得特别有意思、特别开心。

虽然她自己也不知道，这种没来由的开心究竟是因为什么。

六年级上学期匆匆过去，下学期开学的第一天，叶潇发现自己来月经了。

叶潇听姥姥说过，无论是姥姥，还是大姨、妈妈和小姨，年轻的时候痛经都特别严重，每次来月经都会痛得死去活来，痛到在床上直打滚。

第一次来月经的她，虽然没有痛到死去活来的程度，但还是能感觉到很痛。

她来月经的第二天是个周末，有一整个下午的舞蹈课要上。舞蹈班正在紧锣密鼓地排练下周要在县电视台演出的压轴节目，训练的强度非常大。

叶潇知道，妈妈是不可能允许她因为来月经而不参加排练的。

早上出门的时候，见窗外天色灰蒙，乌云密布，叶潇提前装了把雨伞在书包里。下午三个多小时的舞蹈课上完，叶潇只觉得痛意从她的小腹蔓延到了全身，疼得她一丁点力气都没有。

可她接下来还有钢琴课要上。

下课铃响后，叶潇用手揉着肚子，咬着发白的嘴唇慢吞吞地走出了舞蹈班的大门。她正打算撑开伞往钢琴班的方向走，忽然看到了撑着伞站在不远处等她的阮雨声。

每个她要上各种特长班的周末，他都会跑来她上课的地方等她，送她去下一个上课的地方，陪她走一段很短暂却很开心的路程。

“昨天不是说好了吗？如果今天下雨的话，你就不用来了。”叶潇皱着眉问他，声音有点发虚。

“你怎么了？脸色这么差，不舒服吗？”阮雨声没回答她的话，焦急地问道。

叶潇叹了口气，摇了摇头说："没事，我……

"我就是有点累，一会儿休息一下就好了。"

"用不用打个车？"阮雨声问她，环顾了一下四周，却发现根本找不到一辆出租车，紧接着开口说，"要不我背你走吧！"

"不用，我自己……"叶潇摆着手拒绝，手里却忽然被阮雨声塞进一把雨伞。她怔怔握住伞，然后两只胳膊被他一下扯了过去，搭在了肩膀上。

阮雨声弯下腰揽过她的膝弯，将她背了起来，往钢琴班的方向走。

叶潇撑着伞，视线落在男孩毛茸茸的头发上，眼眶忽然有点发热。

细密的雨丝扑面而来，像针一样冰冷刺骨，她把伞朝他的方向倾斜了一下。

"不用给我遮，你自己别淋到就行。"他说。

"阮雨声。"她忽然喊他的名字。

"怎么了？"他问。

"我重吗？"叶潇顿了顿，小声问他。

阮雨声笑了，笑着偏过头问她："我能说实话吗？"

"你什么意思？"叶潇气得皱起了眉，用没撑伞的那只手去拧他的耳朵。

"哎哎哎，你再拧我可就松手了啊！"

"你松啊！你松一个试试！"叶潇不但没停手，拧他耳朵的力道反而更重。

"错了错了，女侠饶命！"阮雨声边躲边求饶，却怕不小心松了手摔着她，手上兜着她膝弯的力道更紧了。

"叶潇，你难受的时候怎么力气还这么大啊？"阮雨声耷拉着脑袋抱怨，“真是难以想象，在未来那——么长的日子里，我要一直忍受你无休无止的欺负。”

阮雨声拖着长音说未来那么长的日子的时候，叶潇忽然发现，她好像从来没有想过，未来有一天他们可能会分开。

究竟是从什么时候开始，她变得这么离不开他了呢？

叶潇抬起头看向远方，狭窄的小巷好长好长，长得像是看不到尽头。她和阮雨声会永远在一起吗？就像现在一样，永远一起走路，一起去上课，一起玩……

“怎么不说话了？你在想什么？”阮雨声转过头问她。

“我在想，以后我们不会分开的，对吗？”

就像你和我，我们会去同一个初中，然后也会去同一个高中，对吗？

“当然。”阮雨声语气轻快，突然意识到不对劲，大惊小怪地问她，“你打算去哪个初中？不会不去一中吧？”

“去一中。”叶潇笑着说，脸颊被迎面的冷风打湿，心里却暖烘烘的，格外温暖。

“你还难受吗？”阮雨声转头问她。

叶潇点了点头。

“再忍一下啊，咱们马上就到了。”阮雨声说着，加快了脚下的步速。

阮雨声。

叶潇在心里对他说，以后我们永远去同一个学校吧。

因为我不想和你分开，永远都不想。

第七章

再也不回来

“你要是再不理我的话，我可就自己走了。走了就再也不回来了。”

一整个学期的时间一晃而过，转眼间，小学毕业的日子很快就到了。班里的同学们开始纷纷互写同学录，互送毕业礼物。

叶潇不禁开始思索，到底要送给阮雨声一个什么样的毕业礼物。

她想起阮雨声曾经和她抱怨过，说他的妈妈不肯给他办篮球馆的会员卡。

看他当时的那副表情，应该是真的很想要这个卡吧。就送这个吧，叶潇想，他妈妈不给他办又有什么关系，她可以给他办。

她把妈妈给她的零花钱偷偷存了下来，终于在毕业典礼的前一天把钱凑够了。她让叶风陪她去篮球馆，教她怎么办卡。

“你为什么要办篮球馆的卡啊，你又不打球。”叶风一脸困惑。

“我送人的。”她说。

“送谁啊你？”

“你管我！”叶潇凶巴巴地吼他。

叶风无奈叹了口气，他问问又怎么了，每次都莫名其妙地凶他。

“我办卡的事，你得替我保密，不可以告诉任何人！”

“知道了。”叶风撇嘴说。

办完卡后，叶潇将卡装进了一个粉红色的信封里，打算明天把它送给阮雨声。

不仅如此，她还特意给他写了一封信，把信纸也塞在了信封里。

叶潇和阮雨声提前说好，让他在毕业典礼结束后回到教室里等她。然而第二天典礼结束后，叶潇在教室里等了好久，都没有等到阮雨声的出现。她焦急地跑出教室想去找他，却看见阮雨声站在隔壁教室的门口，和坐在第一排的常馨月凑得很近，正低着头一边和常馨月聊天，一边写常馨月递给他的同学录。

“我给你的礼物你得收好了！到时候咱们九月份开学见，不见不散！”常馨月美滋滋地说，然后收走了他写完的同学录，抱着厚厚的同学录册子去找其他同学了。

叶潇唇角耷了耷，冷着脸走转身就走，气鼓鼓地到了自己班的教室里。她拿起书包就要走，看到阮雨声大摇大摆地从门口走了进来。

“我的礼物呢？快点给我。”阮雨声朝她走过来，兴冲冲地问。

“给你什么？”

“毕业礼物啊。”

“没有。”

阮雨声噘着嘴巴，脸上写满了不信。

“连隔壁班同学都送我礼物了，你居然不送我！”他说。

“是啊，连他们都送你了，所以你也不差我送的一个礼物了。”叶潇突然站起身，背上书包就走。

阮雨声第一次觉得自己是真的被她气到了。

她快步走出教学楼，往校门口走。

傍晚时分，校园里的林荫路上有风吹过，依旧吹不散夏日的燥热。

“你今天到底怎么了？”阮雨声追在她身后急急问道。

叶潇只是闷头走，当作什么都没听见。

“你要是不想让我收他们的礼物，我可以还回去。”

叶潇越走越快，依旧没理他。

“你到底把给我的礼物放哪儿了啊？”

“扔掉了。”叶潇冷冷地说。

阮雨声怔了怔，问：“那我给你的礼物呢？你放哪儿了？”

叶潇顿了顿，故意气他道：“一起扔了。”

阮雨声果然被她气到了。

他不再追着她走了。他站在原地不动，也不说话。

叶潇脚步颤了颤，却还是不理他，赌着气越走越快。

“你要是再不理我的话，我可就自己走了啊！”阮雨声忽然在她身后朝她喊。

她身子一顿，依旧没有回头。

“我走了可就再也不回来了啊！”他扯着嗓子喊。

阮雨声的喊声好大，和风一起掠过她的耳郭。

叶潇脚步顿了顿，鼻尖忽然有点发酸。

以前阮雨声总是会说，我不走，我就不走，我就是要缠着你，每天都和你在一起。

叶潇意识到，这一次他是真的生气了。

可她也生气啊。

她这么辛辛苦苦地给他办了他最想要的这张卡，他倒好，完全不记得和她的约定，跑去和别人聊天、收别人的礼物，根本不管她在教室里等了他多久。

他怎么能这么讨厌。

讨厌的阮雨声。

叶潇决定和阮雨声绝交。

至少要绝交到他主动来找她道歉为止。

反正她是绝对不会先向他低头的。

为了给阮雨声主动向她道歉的机会，一整个暑假里，她一有时间就会往“遇见”奶茶店跑。她每次去的时候，都会把那张篮球馆的会员卡随身带着，可是她每次去的时候，都没有再遇见过阮雨声。

“阿姨，以前经常和我一起来的那个男生，他这个暑假有来过吗？”她问老板娘。

“没有吧，我没记得他来过。”老板娘回忆说。

算了。

叶潇心想，还是等初一开学的时候再把礼物送给他吧。

整个假期里，叶潇心里一直悬着事，总觉得有什么东西在她的心口堵着，堵得她格外难受。

但她是绝对不会去他家找他的，她才不要这么卑微，明明全都是他的错。

在家里吹着空调的叶潇，忽然觉得这个夏天既燥热又漫长。她买了一个日历本，开始用笔画日期，画完一页又一页，计算和等待着开学的时间。

等到开学那天，她一定要把阮雨声揪到自己面前，让他向自己道歉。

第八章

我找不到你

原来他说了再也不回来，就真的再也没有回来。

漫长的暑假终于熬过去，初一开学的早上，叶潇穿着新裙子，打扮得漂漂亮亮地去一中报到。临走前，她带上了那个装着篮球馆会员卡的粉红色信封，怕信封被挤坏，她特意把它夹在了一个新买的笔记本里。

人声鼎沸的一中校园里，无数新生和家长挤在分班红榜前寒暄闲聊。叶潇被妈妈领着和一个又一个不熟悉的叔叔阿姨打招呼，听妈妈极为夸张地向他们炫耀自己的女儿究竟有多优秀多乖巧。

第一次，她满脸敷衍地去应付叔叔阿姨们的夸奖和询问，用眼神一遍遍地在红榜上去搜寻那个她惦念了一整个假期的名字。可她把红榜上密密麻麻的黑色小字翻来覆去地看了好几遍，依旧没有找到那个她想要看到的名字。

她止不住地有点心慌。

没事的，一定是找得还不够仔细。叶潇安慰自己说。

反正他肯定会来一中的，他亲口对她说过的。

周围的家长渐渐散去，妈妈在嘱咐她几句后也赶去上班了。她独自站在红榜前愣愣晃神，突然被人轻轻地拍了一下肩膀。

你怎么才出现！

叶潇又气又喜，转过身打算凶巴巴地吼他，却发现站在自己面前的并不是她以为的那个人。

“嗨，潇潇。”常馨月笑着向她打了个招呼。

叶潇表情有点僵，礼貌性地扯了下嘴角，和常馨月回了个招呼。

你看见阮雨声了吗？她忽然很想开口问常馨月，却听见对方先开了口。

“咱们同学好像除了阮雨声都来一中了。”常馨月撇着嘴抱怨，“没想到他说话这么不算话。”

“阮雨声不来了吗？”叶潇问，声音有些发颤。

“他家和我家住同一个小区，我一整个暑假没有见过他了。听邻居说，刚放暑假他家就搬走了，搬去市里了，以后不会再回来了。”

“是……是吗？”叶潇恍惚道，表情明显很不对劲。

她说，阮雨声搬家去市里了。

她说，阮雨声不会再回来了。

叶潇鼻腔涌上酸涩，她想起了小学毕业那天，阮雨声站在她身后朝她喊，她要是不等他，他就自己走了。

走了就不会再回来了。

原来他并不是在故意放狠话气她，原来他说的都是真的。

可是，凭什么呢？

他凭什么说走就走？

他凭什么这么对她？

叶潇越想越气，越想越觉得自己这一个整假期的纠结和等待是多么的可笑可悲。不回来就不回来，有什么了不起，谁会离不开谁。

她想着，眼睛被风沙吹痛，连视线都变得不再清晰。

“潇潇你……你怎么了？”常馨月注意到她不对劲的反应，惊讶地问。

“没事，”叶潇连忙用手揉了下眼睛，故作轻松地笑笑说，“沙子迷眼睛了。”

没有沙子迷住她的眼睛。

是她轻信了一个说话不算话的人，被谎言迷住了心。

叶潇也不知道自己到底是怎么了。

开学一个月来，班主任很喜欢她，在开学第一天就任命她当了班长。班里的女生会主动来和她做朋友，学校的男生一个接一个地给她塞信、送她礼物。在学习上，她也十拿九稳，每次大小考的总成绩总是能排名全年级第一。

明明她的初中生活进行得十分顺利。可她为什么会这样不开心？

她的桌子上每天都会冒出各式各样的零食、礼物或者信件，却从来都不会引起她的任何兴趣。

好像她早就觉得，这里面不会出现任何一个她真正感兴趣的东西。

就像她同样下意识地觉得，这所学校里不会出现任何一个她真正想要见到的人。

那个她真正想要见到的人，并不在这所学校里。

“潇潇，我发现你是真的只对学习感兴趣，任何男生都入不了你的眼。”同桌女生对她说。

听了同桌的话，叶潇怔了怔，脑海中忽然浮现出一个男孩吊儿郎当的样子。

“以后你再遇到不开心的事，都可以像现在这样和我说。”

“但我觉得这个叶潇还挺可爱的嘛。”

“叶潇，你难受的时候怎么力气还这么大啊？”

“真是难以想象，在未来那么长的日子里，我要一直忍受你无休无止的欺负。”

叶潇觉得自己的大脑仿佛在一瞬间失了控，所有关于阮雨声的画面在她眼前循环反复地播放上演，让她鼻腔里的酸涩越来越明显，越来越严重。

骗子。

大骗子。

全世界最讨厌的阮雨声。

“你这周末要去博物馆看文物展吗？”

“这周末有文物展？”

“是啊，今天就开展了。听说市里所有初一新生今天都来参观了，我刚才上学的路上，看见好多辆大巴车停在博物馆门口……”

两个女生从教室门口闲聊着走了进来。

叶潇猛地站起身，和同桌女生说：“我出去一趟，待会儿老师如果问起来，你就说我身体不舒服，去医务室了。”

还没等同桌女生反应过来，叶潇就拿起书包匆匆跑出了教室。

她跑到一中后门的围墙栏杆前，打算翻墙跑出去。这里的墙没有小学的墙容易翻，她翻下来的时候不小心把脚崴了一下，却还是忍着疼，片刻不停地朝不远处的博物馆跑了过去。

明明脚很疼，可跑起来的叶潇却完全感觉不到。她心里憋着火，边跑边默念，阮雨声，千万别让我逮到你。如果让我逮到你的话，我一定要狠狠地打你一顿，然后把你揪回一中，再也不让你离开。

叶潇终于跑到了博物馆的大门口，买完票后冲了进去。每个展厅里都挤满了人，学生们嘈杂的说话声和讲解员震耳的讲解声此起彼伏。她一个展厅接着一个展厅地找，来来回回找了好几遍，却依旧没有找到那个她想见到的身影。

直到来参观的人群一波波散去，整个博物馆渐渐变得空荡，叶潇呆呆地站在门口大厅，忽然不知道自己现在到底在做什么。

她翘课了，肯定会被告诉家长，回家之后妈妈肯定又会骂她，质问她跑去了哪里……

她崴了脚，脚踝好痛好痛，痛得她现在都快要站不住了，估计得瘸着上下学好几天……可这些事情真的并没有多么严重。

真正严重的是，她没有找到阮雨声。

她找不到阮雨声了。

“说吧，下午逃课干什么去了？”回到家里，妈妈坐在客厅的沙发上，抱着胳膊厉声质问叶潇。

“身体不舒服，去医务室了。”

“你们班主任让同学去医务室找你了，连个人影都没找着。是和哪个小男生偷溜出去约会了吧？”妈妈冷笑一声，拉开她的书包拉链，把书包倒过来抖了几下，一大堆情书哗啦散落在了地上。

“给我说清楚了，这些东西都是怎么回事。”

“没怎么回事，他们自己塞的，我不知道。”叶潇站在门口，只觉得浑身疲惫，不想再解释一句。脚踝的伤让她疼出了冷汗，她却无从逃离。

不知道为什么，她忽然又想起了阮雨声。

阮雨声，我妈又冲我发脾气了，我好累，脚也好疼好疼，你在哪儿？

你在哪儿，我找不到你。

“妈，我错了，对不起。”她忽然抬起头说。

“语文老师让我们买一本练习册，我忘记买了。书店马上要关门了，我可以先去书店一趟吗？”

妈妈盯着她看了一会儿，应声道：“去吧。”

叶潇转身推门跑了出去，终于在跑出小区的大门口后如释重负。

她忍着脚上的疼，放慢步子走到了小学后门的“遇见”奶茶店，在走进门后盯着自己和阮雨声曾经的座位看了一会儿，然后坐在了阮雨声当时一直坐的那个座位上。

“喝点什么？”老板娘拿着点餐单走过来，“还和以前一样，珍珠奶茶？”

以前每次和阮雨声一起来的时候，她都会点一杯珍珠奶茶。阮雨声喜欢喝绿茶，所以每次都会点一杯茉莉绿茶。

“我要一杯茉莉绿茶，谢谢。”叶潇抬头对老板娘说。

老板娘怔了怔，忽然笑了，问道：“以前总和你一起来的小帅哥呢？”

“他去市里读书了。”叶潇说。

“市里好啊，市里教学资源好。”老板娘感叹道。

叶潇费力地扯了下唇角，没再说话。

“你看那边那个小姑娘，今年读初三，也是你们一中的。”老板娘忽然指了指坐在角落里的一个女生说。

“听说市里最好的高中——实验中学，每年都有降分扩招政策，要是中考能考咱们县第一，就能去市实验中学读书。

“那个小姑娘一下课就来这儿学习，就是在冲刺备考市实验中学呢！”

叶潇的心脏突然狠狠抽动了一下。

她盯着那个穿着一中校服的学姐看了很久，直到老板娘把一杯茉莉绿茶端上来，开口喊了她一声，她才终于回过神来。

她垂下头，默默地用双手捧着装满绿茶的玻璃杯，脑海中闪现出了一个极为强烈的念头。

她要考市实验中学。

她要去市里读高中。

第九章

她好想念阮雨声

她真的好累好累。可即便再累，她都还是好想要再见他。

市实验中学极高的分数线变成了一个悬挂在空中的宝物，叶潇知道，她必须要跳得特别高，才有可能摘取到这个宝物。

为了取到这个宝物，她开始拼了命地学习。她的时间表不再被妈妈逼迫着安排得满满当当，现在的她甚至可以熬到妈妈主动来催促她休息和睡觉。

第一次，她这样深切地体会到了一个成语的含义。这个成语叫作“心甘情愿”。

她连续每次大考小考都毫无例外地占据着年级第一名的宝座，所有人都对她说，叶潇，你太拼了，你已经足够优秀了，不用把自己逼得这么紧。

又不是非得考上市实验中学。

只有她自己知道，其实她的努力程度还远远不够。只有她自己知道，她必须要考上市实验中学。

“今天你过生日，看你这个学期表现还不错，奖励你看一晚上电视。”初一下学期的暑假，妈妈在她的生日聚会结束后，忽然开口对她说。

她摇了摇头说不想看，然后在妈妈一脸惊愕的表情中，拎着书包走进了卧室。

电视有什么好看的。

电视里又没有阮雨声。

叶潇坐在书桌前，把抽屉角落里的密码锁日记本拿了出来，轻轻翻开。

在一年的时间里，不知不觉间，叶潇写下了好多篇日记。与其说是日记，倒不如说更像是一些她想对阮雨声说的话。

“阮雨声，这次全市联考的数学卷子好难，不知道最后一道大题你有没有做对。”

“阮雨声，今天数学老师留了一道超纲题，说不指望我们班有人能做出来。他越是这样说，我越是想把它做出来证明给他看。但是我好笨，越做心情越烦躁，所以又用笔把卷子给划破了。我猜如果被你看到的话，你肯定又要笑我。”

“阮雨声，明天就是全市中学生单科竞赛的初赛了，我们一起加油，一起拿到中考加分。”

“阮雨声，今天我们全家去市里跨年了，在中心广场看了烟火秀。虽然我没看到你，但我知道，我们在看同一场烟花。新年快乐，阮雨声。”

“阮雨声，我发现我体育好差，八百米要跑四分半钟。市实验中学的体考分数线好高，我觉得我肯定完蛋了。为什么叶风可以跑那么快，我好生气。”

“阮雨声，今天下雨了，好大好大。我今天肚子好痛，练了一下午的舞，一点力气都没有了，突然好想让你背我去学琴。”

“阮雨声，我又失眠了。凌晨看书的时候，感觉心脏好疼好疼。”

“阮雨声，我好累啊。”

“阮雨声，我想你了。”

一页接着一页地读完，叶潇的眼角渐渐泛红。她把日记本合上放回抽屉的角落里，再次翻开手边的练习册刷起题来。

她告诉自己，还有两年，七百多天的时间。

只要她再坚持七百多天，她就可以去找他算账了。

在元旦家庭晚宴上，叶潇刚在座位上坐下，就从口袋里摸出一个单词小本，利用等餐的时间默背起单词来。

坐在她身边的叶风皱着眉问她：“不至于吧你？”

叶潇没理他。

“欸，你真想考市实验中学啊？”叶风问。

叶潇依旧没理他，却被她妈妈抢过了话茬：“小风也好好学，到时候去找你姐，你俩正好做个伴。”

说得好像我已经考上了一样！叶潇腹诽。

“对了潇潇，听说你作文写得特别好，有空快教教小风作文怎么写。”小姨忽然说，“他期中考试作文又写跑题了，真是把人愁死。”

叶风瞬间满脸委屈。

“你考语文带脑子了吗？作文都能写跑题。”叶潇挖苦他道。

“你怎么还人身攻击啊？”叶风一脸不满，突然想到什么，扯出身后的单肩包把拉链拉开，低下头翻找起什么东西来。

“谁还没有优秀作文了，我这儿也有！”他掏出了一张作文纸，拿着它在她面前使劲儿晃了晃。

叶潇接过作文纸，一眼就瞥见了卷面上两个鲜红的数字，笑了下问：“四十八分，这么高，你写的？”

“可能吗？我期中考试作文才三十多分。”叶风否认，很快又得意地挑了下眉，凑过来说，“我隔壁班一个女生写的，你可以看看，是不是比你写得好多了。”

叶潇无语，拆台道：“又不是你写的，你这么嘚瑟干吗？”

“嘁！”叶风把他的宝贝作文纸一把抢了过去，“不看还我！”

叶潇没忍住弯起了唇角。在她的印象里，一向尾巴翘到天上去的叶风第一次公然表现出了对一个人的崇拜，这倒还真是件挺新鲜的事。

所以，同样作文不好的阮雨声，在看到她写的优秀作文的时候，会有什么样的反应呢？他也会拿着市里的优秀作文杂志，指着杂志上她的作文一脸嘚瑟地向周围的同学们炫耀，告诉别人他认识这个作文写得特别好的女生吗？

会吗？

叶潇不知道答案，却还是尽自己最大的努力去做了。她努力地挤进他的世界，妄图在他的世界里留下痕迹。

她怕他会忘了她，再也不记得她。

如果真的变成这样，到时候，她又该怎么办呢？

三年的时间很漫长，可叶潇却放平心态，一天接着一天地熬了下来。她骗妈妈每周末都在学校的图书馆复习，实际上每次都背着书包往奶茶店跑，坐在阮雨声的座位上，抱着一杯茉莉绿茶看书和做题。当她累得不行的时候，她会把头轻轻地靠在身边的墙壁上，静静地望着见底的玻璃杯出神。

她真的好累好累。

可即便再累，她都还是好想要再见到阮雨声。

这一次，她心甘情愿把自己封闭进分数的枷锁里，不是妈妈逼她的，不是任何人逼她的，是她自愿的。

她心甘情愿来吃这份苦，只是为了能够在更高处和他重逢。

第十章

她来找他了

他再也别想像当年一样，把她丢在原地，自己一个人转身走掉。

叶潇的中考成绩很好，总成绩全市第一名，被市实验中学录取。

在市教育局门口张贴的鲜红分数榜单上，她终于看到了那个她在心里惦念了整整三年的名字。阮雨声的中考成绩是全市第二名，比她低了四分，同样被市实验中学录取。

叶潇在看到他名字的一瞬间鼻尖忽然一酸，眼泪夺眶而出。

陪她一起来看榜的爸爸以为她喜极而泣，忍不住笑话她，轻拍她的肩膀说："女儿辛苦了。"

是啊，好辛苦。

阮雨声，你知道吗？

这条路我真的走得好辛苦。

但也好值得。

因为我终于能再见到你了。

叶潇胡乱抹了把脸上的泪痕，视线再次落在他的名字上，弯起眼睛含着泪笑了。

“我考了全市第一！”回到家后，叶潇趴在床上撑着头发呆，忍不住去幻想自己会如何在他面前得意扬扬地炫耀，“这次你输给我了阮雨声。”

在暑假里，她报名参加了一个预习高中课程的辅导班，在课余时间学习打扮自己、买新衣服、收敛坏脾气，只为了用更好的样子去和他重逢。

原来被所有人认为完美的叶潇，也会想要为了一个人而愿意把自己变得更好一点。

当然是为了让他后悔。

她告诉自己。

等开学见到了他，她一定要质问他，你凭什么不告而别？然后再警告他说，你以后不许再这样了。

实在不行的话，她也可以和他服个软。比如答应他，以后再也不会和他无理取闹了，再也不会对他凶巴巴了。

她还想问他喜欢哪个城市。她想问他喜欢北京吗？如果喜欢的话，那他们就一起去北京上大学吧。

反正以后她再也不要和他分开了。于她而言，这三年的时间已经足够漫长了。在这三年的漫长光阴里，她的心里仿佛有一块巨大的缺口，将她的自由快乐全部吞噬了进去。

没有人能把这块缺口填补上，除了阮雨声。

她再也不要离开阮雨声了。

她再也不要让自己这么不快乐了。

开学报到的前一天，叶潇提前去学校办理宿舍入住手续。她拖着行李箱从家里出发去汽车站，然后独自坐上了通往市里的大巴车。

从 F 县到市里只要一个半小时。

一个半小时的车程，叶潇在心里一分一秒地走下来，走了整整三年。

当她拉着行李箱踏进市实验的校门时，她忽然感受到了前所未有的自由快乐。

这里的每一幢建筑，每一株花草树木，在她的眼睛里都格外好看。大概是因为这是一个通往未来与梦想的地方，而他也同样会在这里，所以这里的一切都开始变得与众不同。

叶潇拖着行李走进女生宿舍楼，按照一楼大厅黑板上粘贴的宿舍划分名单上了楼，找到了自己的宿舍。

宿舍里，两个女生正一边聊天一边整理自己的床铺。她们抬头看到叶潇，脸上浮现出惊喜的神色。

“你们好。”叶潇礼貌地向她们打招呼问好。

其中一个穿黄色连衣裙的女生直接把手里的东西全部扔到床上，热情地飞奔过来帮她拿行李，大声惊呼道：“原来你就是传说中的仙女姐姐！”

叶潇有些尴尬地笑了笑。

“我叫黄伊澄，仙女姐姐，你以后可以叫我橙子。”她说。

“我叫顾嘉南。”

另一个女生穿着松垮的黑色 T 恤和破洞裤，短发利落，说话的样子很酷，带着男孩子气。

“我叫叶潇。”叶潇说。

“仙女姐姐，我年纪比较小，以后我就叫你潇潇姐吧。”黄伊澄笑嘻嘻地说。

黄伊澄和顾嘉南的家都在市里，两个人都办理了走读手续，平时只有午休的时候才会回宿舍。顾嘉南收拾完东西就回家了，叶潇准备去校园超市买点日用品，黄伊澄抱住她的胳膊，说要和她一起去。

一路上黄伊澄一直在摇她的胳膊，满脸兴奋地向她打听关于她的那些八卦传闻。叶潇总是淡淡地笑着回应几句，笑容僵硬，胳膊也被摇得僵硬。

她好像永远没办法习惯别人和她过分亲近，更永远不可能学会如何主动去亲近别人。初中的时候，那些追她的男生在受到她的冷遇后总是会到处向别人说她太高冷、太傲气，从来不把任何人放在眼里。这些话传进同班女生的耳朵里，她们也渐渐在心里和她有了距离感。有的女生会在下课的时候热情地跑过来挎住她的胳膊，邀请她一起去上体育课或者去做课间操，但在和她们聊天的过程中，叶潇能清楚地感受到她们话语里藏不住的窥探欲。她们的窥探欲让她无法交付真心，更无法坦然做自己。她们的陪伴让她不再孤单，却也让她更加孤单。

奶奶家的人一向不待见她的爸爸妈妈，所以也不怎么待见她。他们觉得她不过是长得好看又学习好而已，没什么大不了的，在其他方面的能力，她和自己家的孩子相比还差得远。他们说她情感意识淡薄，没什么人情味，心是冷的，对谁都热不起来。

好像只有阮雨声会一直乐此不疲地黏在她身后，喜欢惹她哭，喜欢逗她笑。和他在一起的时候，她不再是那个冷冰冰的机器人，而是可以想哭就哭，想笑就笑，想发脾气就发脾气……

她又想起阮雨声，唇角无意识地轻轻弯了弯。暮色捎来温柔的晚风，吹乱了她的头发。额角的碎发贴在她的脸颊上，又凉又痒。

两人走进校园超市门口，黄伊澄从门口拿了个篮子递给叶潇，然后自己也拿了一个拎在手上。她们一起走到零食区的货架前，叶潇看见黄伊澄把货架上的零食一袋接着一袋地往手上的篮子里扔。

“我有一个邻居家的哥哥也是高一新生，明天来学校报到。嘉南我们仨是初中同学，他俩早就已经很熟了，明天我介绍你也和他认识一下！”黄伊澄说。

“好。”叶潇点了点头。

“这个绿茶！”黄伊澄忽然兴奋地大声说，“我那个哥哥特别喜欢喝这个绿茶！这个牌子好多店都没有卖，没想到咱们学校的超市竟然有卖！我得给他多装几瓶！”

叶潇顺着黄伊澄手上的动作看过去，注意到货架上有几瓶包装精致的绿茶，瞬时晃了下神。

她下意识地伸手，将货架上最后一瓶绿茶取了下来。黄伊澄也正想拿这瓶绿茶，动作顿了一下，问：“潇潇姐，你也喜欢喝这个绿茶吗？”

叶潇静静注视着手上的绿色塑料瓶，脸上浮现出温柔的笑意。

“嗯，喜欢。”她说。

“那这瓶你拿去喝！”黄伊澄大方说道。

叶潇淡淡道谢，把绿茶装进了篮子里。在买完其他需要的东西后，她和黄伊澄一起去收银台结账。

因为买的东西有些多，叶潇向收银员要了一个购物袋。其他东西都被她塞进了袋子里，那瓶绿茶却被她握在了手上。

“那我先回家啦，潇潇姐！咱们明天开学见！”从超市门口走出来后，黄伊澄和叶潇挥手道别。

“明天见。”叶潇和她打完招呼，独自握着手里的绿茶朝宿舍楼的方向走了过去。

晚霞将路面铺洒成金色，黄昏的夕阳烤得她脸颊发烫。她把饮料瓶贴在脸颊上降温，唇角无意识地又弯了弯。

她不禁开始想象，长大后的阮雨声，会变成什么样子呢？

记得他爸爸妈妈的个子都很高，他一定也长得很高了吧。

他还是会像小时候那么吊儿郎当的吗？会不会还是像小时候一样爱捣蛋，喜欢捉弄人，永远一副自在洒脱的样子，什么事都不放在心上？

再次见到她的时候，他会不会还是和小时候一样，漆黑的眼睛一下亮起来，然后熟稔热络地喊她的名字？

叶潇在脑海里不停地想象着，心跳忽然有点快，脸颊的温度也越来越烫。

她走在树影斑驳的林荫路上，起伏的心情像被夕阳镀上了一层晃动的暖光。被很多人追过，甚至被当众告白过的叶潇，此刻紧握着绿茶瓶子的手掌竟然微微渗出了汗。

她才没有紧张，叶潇想，该紧张的人是阮雨声才对。

因为凶巴巴的叶潇来找他了。

他再也别想像当年一样，把她丢在原地，自己一个人转身走掉。

第十一章

不熟

她讨厌阮雨声讨厌了这么多年，可没有任何一个瞬间，会比这一刻更让她讨厌阮雨声。

第二天早上忽然下起倾盆大雨，原定上午在操场举行的新生入学典礼被临时取消，教导主任通知全体新生上午自行办理报到手续，下午开始正式上课。

中午的时候，叶潇独自从宿舍出发去食堂打饭。食堂里灯光昏暗，乌泱泱的人群，叶潇一边心不在焉地排队，一边不自觉地往男生队伍里探头张望，去寻找阮雨声的身影。

“阮雨声让我给你的饭卡，还有他刚给你买的咖啡。”旁边队伍的不远处，顾嘉南把手里的东西递给正在排队的黄伊澄，感叹说，“什么时候我也能有个免费饭票啊，真羡慕。”

“请你吃午饭，用我哥哥的卡，随便刷！”黄伊澄扬了扬手里阮雨声的饭卡，笑着说道。

“不用了，我今儿减肥。”顾嘉南送完东西就转身走出了食堂。

食堂里人声嘈杂，顾嘉南和黄伊澄熟悉的讲话声还是清晰地飘进了叶潇的耳朵里。

她们说的是阮雨声吗?

是叶潇认识的那个阮雨声吗?

黄伊澄说的那个邻居家的哥哥，竟然是……阮雨声?

叶潇怔怔地看着黄伊澄的身影，大脑陷入了一片空白。周围的人影开始变得模糊，唯一在她眼前浮现得清晰的，是手里捧着热咖啡的黄伊澄。黄伊澄正一边低头喝咖啡，一边笑意盈盈地和身边女生说着话。

“上午报到的时候我看见阮雨声了。他长得真的好帅啊，不愧是你们初中的校草。难怪你这么喜欢他。”女生说。

“我哥哥当然最帅，到了这儿他也一样是校草。

“他从小到大都是校草，他上小学没搬到市里来的时候，还是他们班的班长呢！”

“你干吗总喊他‘哥’？”女生笑着调侃，“又不是你亲哥。”

“哎呀，在学校当然得低调……现在抓早恋抓得多严啊。”

“我劝你还是适当宣誓一下主权，他这么抢手，万一哪天真被人抢走了，你哭都来不及！”

“怎么可能，我哥哥只喜欢我。初中三年他每天都只和我待在一起，从来不理我们学校其他女生。”

黄伊澄和女生你一言我一语，说话的声音响亮刺耳，像尖细的针，一次次精准无误地扎在了叶潇的心上。

扎进去，拔出来，再重新扎进去。

原来，阮雨声有了喜欢的女孩子吗?

原来，阮雨声早就忘记当年那个整天和他黏在一起的叶潇了啊。

所以叶潇，你到底在干吗?

你丢了半条命考来这里找他，到底是要干吗?

阮雨声明明都告诉过你了，他走了就不会再回来了。

他不会再回来找你了。

鼻腔里溢满了酸涩，叶潇的视线被蒙上了一层薄薄的水雾。她转过身就往食堂门口走，根本没有任何心情继续排队打饭。

可食堂里的人实在太多了。

大家挤来挤去，手里端着餐盘和汤碗。叶潇用手背抹了抹湿润的眼角，用模糊的视线去搜寻人群中的缝隙，在缝隙里艰难地前行。

“哥哥！”黄伊澄的声音突然闯进了她的耳畔。

像幻觉，偏又真实得刺耳。

不知从哪里忽然冒出来几个推搡打闹的男生，猛地撞上了挤在叶潇身侧的黄伊澄。

黄伊澄被撞得没站稳，手里端着的热咖啡“哗啦”一下洒在了叶潇的身上。

纯白的校服衬衫被棕褐色染脏，绽开了大片的泥泞。叶潇被衬衫布料黏上的大片皮肤，猛地传来了灼烧般的痛感。

她愣怔地垂头，看到了眼前隐约浮现的胸衣轮廓，连忙用手挡了挡。

狼狈不堪。

“潇潇姐？”黄伊澄被吓了一跳，“你没事吧？我没看到你，真对不起……”

她手忙脚乱地在身上的口袋里摸索起来，想找纸巾递给叶潇。

“没事。”叶潇眼眶通红，忍着鼻音道。

“怎么了？”一个久违的男声传了过来。

叶潇浑身一僵，忽然就没有了抬头看过去的勇气。

自己蓄谋已久的和他的重逢，居然是以现在这副狼狈糟糕的样子吗?

她是在害怕他吗?

怕自己这副鬼样子被他看到。

一向嚣张跋扈的叶潇，曾经蛮不讲理地和他耍小性子的叶潇，居然变成了现在这样一个连和他对视都不敢的胆小鬼吗?

叶潇低着头，没有抬眼去看他。

“哥哥，刚刚有人撞我，我不小心把咖啡洒到我们班同学身上了。”黄伊澄一脸愧疚地开口。

“叶潇？”阔别三年，他再一次喊她的名字。

叶潇的身体微不可知地颤了颤。

“你们认识？”黄伊澄惊讶地问。

“没事吧！”忽然另一道男声传了过来，带着飞奔过来的喘气声。

眼前，两件校服外套朝她递了过来。

她看到了跑过来的男生是她在暑假补课班里认识的同学，洛一川。

仿佛抓住了救命稻草一般，叶潇接过洛一川递来的校服仓促穿上，说了句“谢谢”便转身就跑。

灰蓝的天空下，冷风卷着雨丝打在她的脸上。叶潇拼命地跑，大脑一片空白，没过一会儿便跑回了宿舍。

宿舍里没有人在，她把脏衣服换下来扔进了洗衣盆里，然后俯在洗手台前拧开了水龙头。水珠冰凉，带着刺骨的寒意。叶潇伸手接了一捧水扑在脸上，水是冰的，她流下来的眼泪却是烫的。

窗外雨势渐大，伴着震耳的雷鸣声，“哗啦啦”地下着。

叶潇盯着眼前的白色洗手台，视线糊成了一片。回旋在她的脑海中反复播放的，有黄伊澄甜美的笑容和娇俏的说话语气，还有问“怎么了”的阮雨声，喊她名字的阮雨声，把身上的校服脱下来递给她的阮雨声。

即便没和他对视，她还是没忍住用余光将他上下完整地打量了一遍。

他比小时候更高了，也更瘦了。

他的五官依旧俊秀漂亮，脸颊的轮廓却利落了许多。他的眼睛依旧很大，和以前一样漆黑明亮，清澈而闪光。

然而这个阮雨声，却再也不是十二岁那年，整天缠着叶潇说要永远和她在一起的阮雨声了。

这是和她分别三年后，有了自己喜欢的女孩的阮雨声。

一个全新而陌生的阮雨声。

不知道为什么，叶潇的眼泪再次不受控制地簌簌滴落。

她讨厌阮雨声讨厌了这么多年，可没有任何一个瞬间，会比这一刻更让她讨厌阮雨声。

叶潇没有继续待在宿舍，甚至连扔在盆里的脏衣服都没来得及洗，就拿上书包早早地来到了教室。

她不知道自己究竟在逃避什么。

可她就是没办法面对黄伊澄，更没办法听黄伊澄用得意的语气去提阮雨声。只要看到黄伊澄，想起黄伊澄说起阮雨声的样子，她的心里就会特别难过。

然而她们在同一个班级里，叶潇根本避无可避。她来到教室后，刚坐在座位上没多久，就看到从门口进来的黄伊澄朝她走了过来，坐在了她身边的空位上。

“中午你没事吧，潇潇姐？”黄伊澄一脸关切地问。

“没事。”叶潇摇头笑笑，鼻尖又开始发酸。

“潇潇姐，我听我哥哥说了，原来你们以前是小学同学啊。”

叶潇顿了下，“嗯”了一声。

“他小时候什么样啊？你给我讲讲呗，也和现在一样吗？”

“我和他……不怎么熟。”叶潇尴尬道。

“是吗？难怪。”

叶潇看着黄伊澄，脸上的表情怔了怔。

“难怪我问他你小时候什么样，是不是小学的时候就有好多人追你，他什么都不肯告诉我。

“我差点和他生气，后来他和我说，小时候的事他都记不太清了。”

叶潇表情僵硬，心脏像被刀尖狠狠刺了一下。

“潇潇，刚一个十班的体育生给你送的。”顾嘉南从门口走了过来，把一杯奶茶放在了叶潇的课桌上。

“开学第一天就有人给你送奶茶，我要羡慕死你了，潇潇姐。”黄伊澄说完，把奶茶拿起来搂进了怀里。

“这是人家潇潇的，”顾嘉南伸手将奶茶从黄伊澄的怀里抢了过去，放回到叶潇的桌上，“想喝让阮雨声给你买去。”

“哼！”黄伊澄瘪着嘴，瞪了顾嘉南一眼，“晚上放学我就让他给我买！买十杯，我全喝光，一杯都不分给你！”

“喝吧，胖不死你。”

“潇潇姐你看她！整天就知道欺负我！待会儿我们一起找宿管阿姨，揭发她在宿舍里私藏一大堆违禁品的罪恶行径！”

“黄伊澄你给我小点声……”

两人拌嘴吵了起来，叶潇扯起唇角笑了笑，却牵扯出心里的一阵酸涩，唇角止不住地下坠。

眼前的吵闹场景刺痛着叶潇的眼睛，她把放在桌箱里的校服拿了出来，忽然起身说：“我出去还一下衣服。”

“好。”黄伊澄被顾嘉南捏着脸，龇牙咧嘴地说，“等你回来我们再聊，潇潇姐！”

叶潇抱着手里的校服，穿过走廊大厅朝高一（7）班走了过去。她记得洛一川和阮雨声同班。

“同学，想麻烦你帮我叫一下洛一川。”叶潇站在七班门口，叫住了一个正要走进去的男生说。

男生点头答应，帮她去喊人。

“欸，这不是叶潇吗？全市第一，校花。”

“还真是，她来找谁啊？不会是找阮雨声吧？”

几个七班的女生在进教室的时候指着她窃窃私语，叶潇听得心里不舒服，索性走去对面的窗台前面等洛一川。

没过多久，刚才的男生从门口走了出来，边走边对她说：“同学，洛一川没在，应该是出去……”

“叶潇！”

叶潇听见喊声转过头，看到洛一川和阮雨声抱着篮球从楼梯转角处同时出现。

喊她名字的人是洛一川。

叶潇的视线却不由自主地落在了阮雨声身上。

男孩成长为少年，虽然依旧一副吊儿郎当的做派，到底个性有所收敛，给人的感觉也成熟了许多。

这样的变化再次让她深切地意识到，一切早已回不去从前。

可他洒脱不羁的样子却依旧像小时候一样刺眼。

叶潇的眼眶又开始胀痛，她一点都不想看见这个人，更不想和他说哪怕一句话。

她收回落在他身上的视线，从阳台上起身，迎着他们走了过去，对洛一川展露出礼貌的笑意。

“中午的事谢谢你了，”叶潇走到洛一川面前，把手里的校服递给他，“校服还你。”

“没事。”洛一川笑容温和。

叶潇礼貌笑了下，正准备转身离开，忽然听见洛一川开口问：“那个——你要回班吗？”

他说：“我要去我爸办公室一趟，咱俩顺路，一起吧。”

叶潇“嗯”了声，看到洛一川把手里的篮球递给了阮雨声：“那我先走了，声哥。”

阮雨声应了一声，叶潇感觉到他似乎把目光投到了自己的身上，立刻把眼神避开，尽力无视他的存在。

洛一川来到她身侧，和她一起转身往走廊的另一个方向走。

“你俩不是认识吗？”洛一川有点摸不着头脑，边走边低声问她道。

“不熟。”叶潇冷着脸，故意把这两个字说得声音很大，说给她身后的那个人听。

说给全世界她最讨厌的阮雨声听。

第十二章

我也一样不喜欢你

他在懒洋洋地笑，笑容干净明亮，仿若他头顶明晃滚烫的落日霞光。然而自始至终，叶潇在他眼里仿佛一个透明人。

那天回班的路上，洛一川说周六会举办高一新生的篮球赛，想邀请她去看比赛。

她本来是想拒绝的，因为她看不懂篮球，更没什么兴趣看别人打篮球。

然而当洛一川对她说“声哥球打得特别好”的时候，她下意识地犹豫了一下。

洛一川趁机再三邀请，于是她答应了他。

周六上午，叶潇吃完早饭后就直接来到了体育馆。

场馆里灯光明亮，她在观众席上挑了个没人的座位坐了下去。没过一会儿，十班那个给她送过奶茶的体育生忽然朝她走了过来，坐在了她身边的空位上。

“美女，一会儿一起去吃个饭啊？还记得我不？我是十班的，叫陆泽远。”

“抱歉，不去了。”叶潇语气冷淡。

“还真是冰山美人，这么不给面子啊。就一起去吃个饭呗，又不能把你怎么样。”陆泽远说着，有意无意地碰了下她的手。

叶潇猛地把手躲开，起身就要换位置。

“欸！”看见叶潇要走，陆泽远站起来追她。

“叶潇！”洛一川正好出现，瞧见了跟在她身后的陆泽远，示意叶潇站到自己身后，不客气地对陆泽远问，“你有事吗，同学？”

“哟，有护花使者啊，早说啊。”陆泽远撇了下嘴，识趣地走开了。

“没事吧？”洛一川问她。

叶潇摇了摇头，目光却落到了和黄伊澄一起出现在不远处体育馆门口的阮雨声身上。

阮雨声朝他们的方向看了过来，和她的视线交汇。

叶潇偏过头，移开了和他对上的目光。

不知道为什么，她故意对洛一川热情地笑起来，问：“你们班和几班打？你准备得怎么样了？有信心吗？”

洛一川怔了怔，似乎是非常不习惯这个忽然像变了个人一样的叶潇。

叶潇自己也不习惯。

可她还是想这样做，做给阮雨声看。

“潇潇姐，刚刚那个男生是谁啊？怎么这么讨厌，一直缠着你！”黄伊澄和阮雨声一起朝他们走了过来，关切地问道。

“十班的陆泽远。”洛一川把话接了过去，“和我一个初中的，初中的时候就喜欢纠缠女生，风评很不好。”

“你避着他点，有什么事就来七班找我。”洛一川对她说。

叶潇礼貌地笑了下。

“走吧潇潇姐，我和你一起坐！”黄伊澄上前拉住叶潇，扭头嘱咐洛一川说，“第一场是你们班打，我哥哥腿伤还没好，一川哥，你必须得保护好他！”

洛一川撇嘴：“要不你自己来？正好我们班还缺个人，你上得了。”

黄伊澄没理他，噘着嘴拉着叶潇往观众席走。

“暑假的时候我哥哥在体育馆打球，遇到一群球品很差的人和他比赛，受了好重的伤。”

“他的伤还没好吗？”叶潇脱口问，问完怔了下，解释说，“我有一个表弟也喜欢打球，但他挺少受伤的。”

“本来休息一段时间肯定能好的，但是他不肯，带着伤一直打。唉，我和他妈妈，我们都不想让他总是打球，但是没办法，他喜欢嘛。黄伊澄语气无奈，“他认定喜欢的东西，谁劝都没有用，他不会轻易放弃的。”

叶潇的目光静静落在眼前的少年举手投篮的身影上，忽然想起了自己那张没有送出去的篮球馆会员卡。

她曾经用信封把那张会员卡装了起来，在里面的信纸上写：“我把这张卡送给你，但是你必须要向我保证，以后打球的时候不可以再受伤了！”

那张卡被她带来了市实验中学，却再没有机会被她送出去了。

人声鼎沸的体育馆里，来看比赛的女生们呼声热烈高涨，此起彼伏，大声地为本班的队员们呐喊助威。

叶潇和周围的几个女生一起喊着一班加油，目光却像不听自己使唤一样，一次次落在阮雨声的身影上，怎么都舍不得离开。

为什么只要有他在的地方，她的目光就永远不听使唤？

不听使唤的到底是她的目光，还是她的心？

随着裁判一声哨响，在七班胜利的欢呼声中，上半场的比赛宣告结束。

“我去看看我哥哥。你和我一起吗，潇潇姐？”黄伊澄问。

“好。”叶潇下意识地点头答应，和黄伊澄一起走下看台，朝篮球场的方向走了过去。

篮球场最外侧的地板上有几箱矿泉水，她们路过的时候，黄伊澄低头拿了瓶水，顺便往叶潇的怀里也塞了一瓶。

叶潇看着怀里的矿泉水瓶怔了怔，还没反应过来，就被黄伊澄拉到了人群中间。

洛一川正一边揪着球衣的领子抖汗，一边和阮雨声聊着天。阮雨声微侧过头听洛一川说话，唇边含着隐约的笑意。额前的碎发被汗水浸得湿透，他抬起手胡乱抓了几下。

黄伊澄拉着叶潇走向他们，正要扬起手打招呼，突然被身后的一个七班女生叫住。

“橙子，刚才我的相机摔了一下，发现打不开了，你快来帮我看看！”

“来了！”黄伊澄转身朝女生跑了过去。

叶潇孤零零站在原地，有些不知道该何去何从。犹豫了片刻，她拿着手里的水，独自朝洛一川和阮雨声走了过去。

“怎么样？我们班是不是打得还不错？”洛一川得意地问她。

“嗯。”叶潇笑了下，点了点头。

“其实我水平一般，主要还是靠声哥带我。”洛一川说着，伸出胳膊勾在了阮雨声的肩上。

阮雨声随意地笑了笑，笑得那样好看刺眼。叶潇看着，晃了下神，心中又涌起了酸涩。

她匆匆移开了视线，把手里的水递到洛一川面前，问他：“要喝水吗？”

洛一川一怔：“你……给我的？”

叶潇抬起头，明明在和洛一川讲话，余光却一直注视着他身边阮雨声的反应。

“嗯。”她对洛一川笑起来，努力让自己的笑看上去既亲切又自然，“刚刚在旁边拿的。”

“那……谢了。”洛一川接过水，侧头看了阮雨声一眼，问，“声哥你渴……”

“哥哥！给你水！”黄伊澄从叶潇身后一路小跑过来，边跑边低头拨弄自己被风吹乱的刘海，脸上绽放着明媚的笑容。

“你刚刚那个投篮动作！太帅了！”黄伊澄在阮雨声面前站稳，把手里的水递给了他，兴奋地说，“等哪天你有空了，一定要教教我！不能只和一川哥玩，不和我玩！”

阮雨声没说话，接过水拧开，仰头喝了大半瓶。

“你真别吃我醋！”洛一川一脸无辜，“你俩每天黏一起的时间可比我俩每天在一起的时间多太多了。”

洛一川欠兮兮地补充：“他就是单纯不想和你玩。”

“你又气我！”黄伊澄冲上去抢他手里的水，“不许喝我拿的水，渴死你！”

“这是潇潇给我的，怎么成你拿的了？”洛一川护着手里的矿泉水质问道。

“是我拿给潇潇姐的，我不管，你不许喝！”

“不给，就不给！”

两人绕着阮雨声吵闹追赶，叶潇忽然开口：“我先回宿舍了。”

“我们待会儿要出去吃，你不和我们一起去吗，潇潇姐？”

“不了，我不怎么饿。”她说。

“那好，潇潇姐再见！”

“拜拜。”叶潇分别对黄伊澄和洛一川笑着挥了挥手，依旧没有和阮雨声打招呼。

转过身的时候，她脸上的笑意终于暗淡下来，在心里问自己，叶潇，你到底在干吗？

为什么要强迫自己对洛一川这么热情？

只是为了气他吗？

可是你究竟做了什么，对其他男生是怎样的态度，他真的会在乎吗？

他的眼睛里早就只有另一个女生了。

你们之间的那些回忆，他早就已经不记得了。

他早就已经不记得你了。

中午叶潇回到宿舍的时候，顾嘉南正低头收拾桌子上的东西，见到她回来，问：“我早上在家睡过头了，就没去看比赛。怎么样？最后七班赢了？”

叶潇淡淡“嗯”了声。

“黄伊澄又拉着阮雨声去外面吃饭庆祝了？”顾嘉南问。

叶潇笑笑，没否认。

“真潇洒。”顾嘉南感叹道，忽然想到什么，兴奋地问，“咱俩也出去潇洒一把？

“我在学校西门的理发店办了张会员卡，可以免单三次，请你剪头发怎么样？”

叶潇摇头拒绝，顾嘉南却盛情邀请，将她拖去了理发店陪自己。

其实妈妈早就催促过叶潇很多次，想让她剪短发，说留短发容易打理，能节省更多的时间用来学习。她每一次都不肯，守着自己长长的头发，像是守着自己深藏在心底的某个执念。

她忽然决定把头发剪短，好像就只是这一瞬间的事。

是真的想通过某种仪式感来斩断过往的执念，还是仅仅想用某些细小的变化来引起某个人的注意？

叶潇想不透答案。

“阮雨声你讨不讨厌！你再拽我辫子试试！

“我放假就去剪短发，反正我妈也一直在催我剪短发。”叶潇气呼呼地说。

“干吗要剪短？”阮雨声急了，“你长头发好看！”

他放低了声音说：“我喜欢你留长头发。”

“你说什么？”

“我说，我还要拽你辫子呢！不许剪短！”

“你看我不打死你！”

“我真没想到你剪沙宣短发竟然这么好看，果然人好看留什么发型都好看。”

从理发店回来的路上，顾嘉南一只胳膊搭在叶潇的肩膀上，边走边感叹道。

“学妹，你剪头发了！”一对互相挎着胳膊的女生从不远处朝叶潇跑了过来，满脸惊讶地上下打量她。

叶潇记得她们是学生会的学姐，在开学的时候接待过新生，礼貌地笑着“嗯”了一声。

“好看！我觉得比你扎马尾还好看！”其中一个学姐说，“我们班男生知道了估计又得组团去你们班看你了！”

叶潇难为情地笑了笑。

“学弟，拥美女入怀的感觉怎么样啊？”另一个学姐问顾嘉南道。

“叫谁学弟呢！”顾嘉南看上去和这个学姐关系不错，直接伸手用力地去揉她的刘海。

学姐退后几步躲开：“不闹了，我俩还要去老师办公室一趟，先走了！”

“学妹再见！”两个学姐向叶潇摆了摆手，又笑着对顾嘉南说，“学弟也再见！”

顾嘉南抬脚装作要踢她们。

叶潇被逗笑了，偏头去看顾嘉南，目光却和一个从顾嘉南身侧的超市门口走出来的熟悉身影猝然撞上。

“我说你对你喜欢的东西还真是执着，天天喝你都喝不腻。”顾嘉南一把抢过他手里的绿茶，“我没收了。”

“你还真不跟我客气。”阮雨声没恼，漫不经心地说。

“黄伊澄昨天喝了我一瓶水，你这瓶就当帮她抵债了。”顾嘉南拧开饮料瓶的盖子，仰头喝了一口。

“她喝你水和我有什么关系，要讨债你找她去，别找我。”阮雨声撇清关系道。

“你们俩是不是又在说我坏话！”黄伊澄突然从他们身后出现，用力地撞了阮雨声和顾嘉南一下，然后探着头挤进了两人中间。

三个人互相顶嘴，推搡打闹，缠绕成了一团。

叶潇下意识地将步速放慢，缓缓地跟在他们身后。路边摇晃的树影倒映着绯红云霞，夕阳的光晕打在少年白皙的侧脸上，将他的眉眼轮廓映照得格外柔和。他在懒洋洋地笑，笑容干净明亮，仿若他头顶明晃滚烫的落日霞光。

然而自始至终，叶潇在他眼里仿佛一个根本不存在的透明人。

她剪了短发，好多人说她剪短发更漂亮，好多人问她为什么要把头发剪短。

好多人关注她，好多人把她当成谈论的焦点。

只有他，连余光都没有分给她一点。

除了开学第一天在食堂，他喊了一声她的名字之外，他再没正眼看过她，也再没主动和她说过一句话。

他说小时候的那些事，他早就已经记不清了。

记不清就记不清，有什么了不起。

那些回忆，他可以忘记，她也一样可以。

她忍着鼻酸在心里告诉自己，叶潇，你必须要骄傲一点。

你不喜欢我又能怎么样？

我也一样不喜欢你。

第十三章

我真的好讨厌他

凭什么他们之间的那些回忆，他一句“记不清”就可以轻描淡写一笔带过，她却被困在里面备受折磨，怎么逃都逃不出去。凭什么呢？

叶潇和阮雨声关系不好，不知何时起成为高一年级众所周知的八卦消息。

一开始，大家还在八卦叶潇和阮雨声之间陌生疏远的原因，后来随着一班和七班两个理科平行重点班在大大小小事情上的竞争与掐架，大家也就逐渐明白了校花和校草之间关系紧张的真正缘由。

一班的班主任赵雅淑和七班的班主任尤萍能力相当，互不服气，然而在历次大小考中，一班的平均成绩总是领先于七班。叶潇的总成绩虽然一直排名第一，理科成绩却并不占优势，主要靠语文和英语成绩超过排名第二的阮雨声。尤萍作为七班的班主任和年级教导主任，同时也是一班和七班的生物老师。因为气不过，她总是在一班的生物课上明里暗里贬低一班和叶潇，抬高七班和阮雨声。渐渐地，一班和七班的关系开始变得水火不容，叶潇和阮雨声互相不理对方也被两个班级的同学视为理所当然。

期中考试之后，学校的课间操进行了新改，要求把广播体操换成交谊舞。为了应对市教委领导对于新形式课间操呈现效果的视察，体育课的内容从往常的自由活动变成了对交谊舞的学习。

出于临时调课的需要，七班周五上午的体育课被换到了周五下午，和一班的体育课同一个时间。因为老师是同一个，两班的学生只能不情不愿地合上体育课。

校领导要求高一年级的体育老师选出一男一女两个既形象好又跳得好的学生站在队伍的最前面领操。因为叶潇形象气质好，做操的动作又十分标准规范，所以被体育老师任命为女领操员。至于男领操员，体育老师精挑细选，最后还是决定让虽然舞跳得一般但是形象最好的阮雨声上。

宽阔明亮的体育馆内，叶潇和阮雨声面对面站在两个班级队伍的最前面，接受着一双双眼睛好奇地打量。

时间倒退到三年前，那时的他在班级同学们的起哄声中低头笑了，又笑着抬起头，用探询的目光征求她的意见。

他特别笨，和她跳舞的时候，不是踩到她就是绊到她，却又嬉皮笑脸地对她说，丢脸这种事，他一个人负责就行。

那是他们再也回不去的小时候。

音乐声猝不及防地响起，叶潇看到阮雨声将右手伸到了她的面前。她顿了顿，缓缓伸出左手，却怎么也做不到自然大方地去牵他的手，于是用指尖轻轻地牵住了他的校服袖子。

这一幕被体育老师的视线敏锐捕捉到，音乐声戛然而止。

“牵手！牵手不会吗？”体育老师皱着眉冲叶潇喊，又补充说，“还有，你站得离他这么远，一会儿这舞能跳得起来吗？”

遭到老师的训斥，叶潇只好往前迈步，站得离他稍近了些，然后用手指轻轻钩住了他的手指。她一直埋着头，没去看阮雨声的表情，却感觉到他被她握住的手指好像轻轻颤了一下。

“不是，你们俩是有仇吗？怎么正常牵个手就这么费劲？”体育老师被两人的表现彻底惹恼，怒声朝他们吼道。

两个班级队伍里的同学们不禁一边哄笑，一边低声议论起来。

“还别说，他们俩还真像有仇的。”

“看潇潇那抗拒的小眼神。”

“声哥行不行，不行我替他上啊。”

“都安静！”体育老师直接走到两人的面前，将叶潇的手塞进阮雨声的手掌里裹住，“这样才叫牵手！明白吗？你俩就这么牵着，给我牵十分钟！我就不信牵个手都不会！”

体育老师责怪道：“十六七岁的人了还这么不成熟，瞎别扭什么呢。”

体育老师说完便不再理他们两个，走进班级队伍里去指导各组同学的动作。

叶潇和阮雨声就这样尴尬地牵着彼此的手，面对面站在人群队伍的最前面。暮秋时分，空旷的体育馆里有阵阵凉风吹过，叶潇冰凉的手指被阮雨声温热的手掌包裹着，暖意一路向上蔓延，将她的心脏烫得发疼。

“太好了！班主任说这周不换座，咱俩可以继续靠着窗户坐了！”

“靠窗坐有什么好开心的？”

“窗户下面有暖气啊！你可以一边学习一边把手放在暖气上烤，这样手就不会那么冰了！”

“你干吗管我？我的手冰不冰，和你有什么关系？”

“怎么没关系！每次课间操和你一起跳舞，我的手都要被你的手冰！

“你知不知道我握着你的手就像握着一块雪糕一样！大冬天的我还要握着块雪糕……”

“你的手才是雪糕！”

“才不是！我的手是暖宝宝！专门用来融化雪糕的暖宝宝！”

过往的回忆如潮水般涌上，脑海中男孩的面孔和眼前少年的模样渐渐重合，叶潇的眼前忽然水雾迷蒙，鼻腔酸涩难忍。

她轻轻仰了下头，试图把眼眶里的泪意压下去，却被阮雨声觉察到了自己异样的情绪。

他抬眼看她，眼神里满是困惑。

叶潇眼里的泪意瞬间更加汹涌。

凭什么他们之间的那些回忆，他一句“记不清”就可以轻描淡写一笔带过，她却被困在里面备受折磨，怎么逃都逃不出去。

凭什么呢？

下课铃声终于响起，叶潇猛地把手抽了出来，捂着脸转身跑进了不远处的洗手间里。

她拧开手龙头，接了捧凉水扑在自己的脸颊上，想用这样的方式让自己清醒。可她的脸太烫了，再凉的水也没办法让将她脸颊上的热度冷却。

等她终于洗完了脸，整理好情绪走出洗手间门口时，看到顾嘉南正靠在旁边的墙上等她。

“你没事吧？”顾嘉南问。

叶潇轻咬着唇，摇了下头。

“走吧，去食堂吃饭。”顾嘉南说。

叶潇和顾嘉南一起走出了体育馆门口，冷风扑面而来，贯穿她的全身，一阵透骨的凉。

“刚才阮雨声去找老师了，说他跳不了，让老师换别的男生和你跳。”

叶潇的心脏猛地颤了颤。

“估计他是看出来你真不想和他跳了吧。

“咱班男生不够，老师从七班借了几个过来，让阮雨声也直接站咱班后排了，他正好和黄伊澄一组。

“你俩也别互相折磨了，让他和黄伊澄跳多好，黄伊澄恨不得一天和他跳上八百遍。”

叶潇一直没说话，脸上的表情冷淡，让人分辨不出情绪。

“潇潇，你真就这么讨厌阮雨声啊？”顾嘉南忽然问她。

“嗯，”叶潇扯起唇角笑了下，嗓音却是哑得不行，“我真的好讨厌他。”

第十四章

我会帮你找自由

曾经他说过的那些谎话，她再也不会相信。

叶潇憋着一股力，在学习上越来越拼命。

课间的教室总是鸡飞狗跳，篮球和纸飞机从她的头顶划过一道道弧线，她全神贯注于眼前的题目上，运笔如飞，头都不会抬起来一下。

她讨厌阮雨声。

所以她要一直考第一，不给他任何超过自己的机会。

然而即便她已经这样努力了，取得的效果却仍旧没办法令她满意。小时候妈妈对她说过的那些话就像女巫的咒语，这么多年来时时充斥在她的耳边。

她很笨。

但她不能让任何人发现她很笨。

一旦她把自己的笨表现了出来，那么她的人生就会走进一条死胡同，再也无路可以走。

因为她是叶潇。

和开学来两次月考的情况一样，一班的期中考试平均成绩仍旧领先于七班。叶潇的理化生成绩虽然算不上顶尖，终归语文和英语的单科分数都是年级第一，让她的总成绩比阮雨声高了五分。尤萍心里憋着气，看一班的学生各种不顺眼，而这些学生里最让她看不顺眼的，无疑是占尽风头的叶潇。

尤萍的上课模式让包括叶潇在内的很多一班学生都非常讨厌。她喜欢猝不及防地提问，然后对回答问题的学生进行一番评价——大多数评价语都包含着讽刺和挖苦。

让叶潇头疼的是，尤萍很喜欢提问自己。每一堂生物课上，叶潇都觉得自己好像行走在钢丝线上，不能行差踏错半步。因为只要她给出的答案有一丁点错误，尤萍马上会阴阳怪气地问："年级第一就这水平？"

接下来她会说，我们班阮雨声就不可能犯这种低级错误。我们班阮雨声就是对学习还不够上心，他要是有你们班叶潇一半努力，年级第一早就没你们班叶潇什么事儿了。

"她有病吧。"顾嘉南在期中考试后被安排和叶潇同桌，她翻了个白眼对身边的叶潇说，"难怪你烦阮雨声，我要是你，每天听她这么念叨，我也得烦死他。"

叶潇淡淡笑了笑，没有说话。

所有人都觉得叶潇和阮雨声两个人之间互不说话，陌生到几乎敌对的状态是因为尤萍。只有叶潇自己知道，其实不是的。

她讨厌阮雨声，是因为阮雨声不喜欢她。

她讨厌阮雨声不喜欢她，所以才把他当作敌人。

仅仅是这个原因而已。

"我顶多再忍她半个学期，下学期一开学我就去学文，和她再也不见。"顾嘉南跷着二郎腿，表情愤恨地用笔尖戳着眼前的生物书。

“我也有点想学文。”叶潇忽然小声说。

顾嘉南一脸震惊：“你说什么？你想学文？”

“怎么了？”叶潇笑着问她。

“那估计尤萍得高兴死，咱班主任得被你气死。”

“理科第一想去学文的，咱学校估计你是第一个。”顾嘉南若有所思，“行，够叛逆。”

顾嘉南接着说：“没想到阮雨声看你看得还挺准。”

叶潇一怔，问：“他说我什么了？”

顾嘉南笑了起来：“就是前两天和他打了个赌，赌咱们班和他们班两个理科重点班会不会有人去学文。

“他说他赌你去学文。”

“为什么？”叶潇问。

“是啊，我也好奇，所以马上就问他了。

“他说的话还挺奇怪的，他说其实你无论学文还是学理都能拿第一，但如果你学了文——

“你会更自由。”

叶潇表情变了变，心上重重一颤。

“我看他就是想让你去学文，然后自己拿第一。潇潇，这事你真得自己考虑好……”

顾嘉南语重心长地劝叶潇慎重做决定，叶潇看似认真听着，心思却早已不知飘向了何处。

“阮雨声，你知道吗？

“每当我表现出有一点点不开心的时候，其他人都会问，叶潇，你有什么不开心的？你什么都好，什么都不缺，你到底还有什么想要的？”

“对啊，你什么都好，什么都不缺。”夕阳下的林荫路上，阮雨声推着单车走在她身边，“但你想要自由，你想找到自由。”

“可是找到自由好难，我一直都没能找到。”叶潇低头踢着脚边被阳光烤得发烫的小石子，喃喃自语道。

“没什么难的，你还有我嘛。”阮雨声胸有成竹地说，“我可以帮你去找。只要你需要我，我会一直帮你去找。”

少年的笑容绽放在落日的余晖里，和他身后的太阳一样耀眼，晃得她一阵眩晕。

曾经他说过的那些谎话，她再也不会相信。

期中考试过后，全国中学生单科竞赛开始报名。今年的报名和考试时间要比往年稍早一点，初赛的前两科是数学和物理，时间定在十一月下旬。

“这次竞赛有高考加分，你给我好好准备，别给我弄砸了！”妈妈说。

“尽全力准备，别出错，别有失误！”班主任说。

“你肯定不用担心啊，要是连你都进不了决赛，那我们直接都不用报名了！”和她一起报名初赛的同学们说。

每次听到这样的话，叶潇都会在心里发飙，想对他们每一个人大声吼，可不可以不要再说了？我知道自己不可以出错，你们别再来提醒我了，可以吗？

初赛前一周，叶潇把所有自习课和晚上的时间都用在了准备竞赛上，连着四五天每天只睡三四个小时。终于，随着考试前两天她的“大姨妈”毫无预兆地提前登门，她的身体仿佛也支撑到了极限。

下午的自习课上，叶潇捂着肚子趴在桌上，闭上眼睛打算睡上一会儿。

“你太拼了，潇潇，以你的实力根本没必要这么拼。”顾嘉南说。

以我的实力吗?

叶潇疲惫地闭着眼睛，在心里轻轻地问顾嘉南，可你又怎么会清楚我的实力呢?

我的实力究竟怎么样，连我自己都不知道。

“把昨天留的作业拿出来，这两节自习课给你们答疑。”尤萍忽然踩着高跟鞋从教室门口走了进来。

“不是吧，连自习课她都占，还一占就占两节，有没有点人性了。”顾嘉南一脸崩溃。

叶潇费力地从桌子上直起身，把生物练习册从书包里掏了出来。

昨天尤萍在练习册上留的题目她全都会做，于是她把数学竞赛辅导书摊开放在了生物练习册上，不去理会尤萍的讲解，默默地去看自己眼前的数学竞赛题目。

然而她实在太困，单手撑着头，没看多久就开始打盹。

“下一个题，来，叶潇给大家讲一下思路。”

叶潇迷迷糊糊的，根本没听见尤萍说话的声音。

“潇潇！”顾嘉南用力晃了晃叶潇的胳膊。

叶潇猛地站起来，意识仍然是蒙的。

“怎么，复习竞赛一晚没睡啊？”尤萍斜了她一眼，“竞赛重要，课就不用上了是吧？”

尤萍道：“不是困吗？困就站着听吧。”

叶潇站在原地，刚揉了下眼睛，就听见尤萍厉声吼道：“站后面听去！站这儿后排同学还看不看黑板了！”

“不是，她总针对你有意思吗？”顾嘉南实在看不过去，皱眉嘀咕道。

“没事。”叶潇淡淡道，下意识地抱起了桌面上的数学竞赛书，刚要转身往后走，就听见尤萍又对她吼了一声。

“在我的课上学数学是吧？想学数学出去，站走廊里学去！”

教室里一阵骚动，大家纷纷扭头看向叶潇，交头接耳地小声议论起来。

“没必要吧，老师！”一个男生喊道。

“对啊，本来就是她占课，占课还有理了……”另一个男生抱怨说。

尤萍拿起讲台上的直尺“啪啪”地敲了几下黑板。

“谁有意见？”尤萍问。

教室里的骚动渐渐安静下来，叶潇抱着数学竞赛书默默转身，从后门走了出去，背靠着墙站在了门边。

凛冽冬月，走廊里穿堂风吹过，干冷刺骨，叶潇禁不住打了个寒战。她有点后悔自己没拿件外套就走出来罚站了，又实在没办法返回去拿，只好抱起双臂上下搓了搓。

大半节课的时间过去，课间尤萍没有下课，第二节自习课铃声响起的时候，叶潇终于再站不住，靠着墙缓缓蹲了下去，缩成了一小团。

小腹坠痛，身上也被冻得发疼，她用发僵的手指握着笔，一点一点地去写竞赛书上题目的解题步骤。

一个身影突然闯入了她的视线。

“女……女神？”

叶潇认得这个男生，是七班的于洋，和阮雨声、洛一川的关系都很不错，对一班同学的态度也一直很友好。

叶潇抬头，勉力朝他礼貌地笑笑。

“真是你啊女神，你怎么……”似乎是听到了自己的班主任熟悉的嗓音从教室里飘了出来，于洋探着头从后门往里看了看，瞬间恍悟，“明白了，她又找你碴儿了。”

注意到叶潇苍白的脸色和不太对劲的表情，于洋接着问：“女神你是不是不舒服啊？要不你找个地方歇一会儿？反正你不在这儿她也发现不了……”

“怎么了？”洛一川的声音忽然从不远处传了过来。

叶潇抬眼望过去，看到了和洛一川一起朝她走过来的阮雨声，本能地低头避开了视线。

“咱班主任在里面上课，让女神罚站呢！我看女神有点不舒服……”

“没事。”叶潇抬头，对洛一川笑了下，“我真没事，没不舒服，你们快回去上课吧。”

察觉到阮雨声的目光落到了她的脸上，叶潇的表情变得有些不自然。她连声催促他们离开，然后匆匆把头埋进了辅导书里，不再去看他们。

“老师！”于洋忽然从后门朝里面喊了一句，“您怎么在这儿给一班上课啊！”

“老师，咱班同学说有问题不会，让您回去答疑！”

说这句话的人语气很冲，是阮雨声。

叶潇眼睫颤了颤，握笔的动作一下顿住。

“是啊老师，我们也想答疑！”洛一川接着喊道。

没过一会儿，尤萍就气冲冲地从门口走了出来：“你们几个喊什么喊！生怕别的班听不见是吧？！”

“老师，咱班同学听说您在给一班上课，都挺有意见，说不公平。”阮雨声语气冷淡，明显带着情绪，“要不这节课您回咱班上吧。”

尤萍冷着脸，沉默了几秒后说：“走，回班。”

临走前，尤萍瞥了叶潇一眼，说：“你也别杵这儿了，回去吧！”

叶潇抬眼，看到于洋和洛一川一起回过头，得意地冲她笑了起来。只有身为班长的阮雨声没有回头，他微低着头，一言不发地承受着尤萍对他的训斥和责骂。

叶潇揉着僵硬发麻的双腿缓缓起身，目光落在了阮雨声颀长笔直的背影上。

窗外夕阳温和的光晕将少年的背影笼罩上一层橙黄，寒风从走廊里穿过，吹动少年身上宽松的白色外套，勾勒出他清瘦的脊背轮廓。

直到他渐行渐远，背影彻底消失在走廊的尽头，叶潇才终于舍得收回目光，转身走进教室。

第十五章

你到底喜欢他什么

她在心里问自己，叶潇，你到底喜欢他什么呢？

自习课结束后，叶潇被班主任叫去了理化生组办公室。她刚走到办公室门口，就听见了班主任和尤萍的对话。

“实话说，你们班叶潇学理，我真不怎么看好。你把她理科总成绩单拎出来看看，顶多也就是个年级四五名的水平，拿不了第一。”

“现在学政史地不也一样花精力吗？她的精力也没全用在学理科上。再说了，小女孩本来就开窍晚，这才高一刚开学，慢慢来呗。”

“老师。”

叶潇推门走了进去，刚走几步，就听见身后一个熟悉的声音也喊了声：“老师。”

叶潇脊背颤了颤，没回头，注意到阮雨声从她身侧经过，站在了左边尤萍的办公桌前。

尤萍瞥了阮雨声一眼，没说话，低头去办公桌的书架上翻找东西。

“找你来，主要是想和你聊聊文理分科的事。自己有什么看法吗？”赵雅淑先开了口。

“老师，我想学文。”叶潇说。

赵雅淑沉默了片刻，没接她的话。

“这样吧，反正等分科的时候，按文科和理科的期末成绩单独排名和分班。这一个多月你就先别学文科了，把全部时间都用在学几门理科上，看看最后理科的总成绩什么样。

“你这么优秀，学文太可惜了，没必要。相信你也不是那种觉得学文轻松，为了偷懒就非要去学文的学生。”

叶潇静静听着，没有争辩和反驳。赵雅淑话音刚落，尤萍的声音就响了起来。

“回去把这沓卷子给他们发了。

“我告诉你，以后再有下午自习课这类情况发生，班长不用当了！”

“知道了，老师。”

叶潇和阮雨声分别和老师谈完话后，同时走到了办公室门口。阮雨声往后让了让，留出位置让叶潇先离开。

回到教室里，叶潇还在想文理分科的事，边收拾书包边往教学楼外走。

今天是周六，妈妈让她回家一趟。她背着书包往校门口走，忽然看见了前方不远处一双同行的背影。

“说！你是不是知道我不愿意上你们班主任的课，所以才故意这么做的！”黄伊澄一蹦一跳地追在阮雨声身侧，眨着眼睛大声问他。

“想太多了你。”阮雨声语气懒散。

“哼！本来想回去让奶奶做你最爱吃的鱼的！我生气了！不给你吃了！”

“奶奶听我的，不听你的。”阮雨声欠欠地说。

叶潇放慢了步速，缓缓跟在他们身后。冬日寒风凛冽，混杂着寒意扑面而来，叶潇把脸埋进围巾里，依旧觉得冷风像刀片，一下一下地割在她的脸上。

她和阮雨声之间，十步的距离。

可好像再也跨不过去了。

“今天中午去你奶奶家吃饭，你大姑和大姑父从南方回来了。”

叶潇点头答应，表情却有些不情愿。

“你和我摆臭脸没用，我也不想去。”妈妈翻了个白眼，“有意见找你爸提去。

“咱俩先去，你爸说他下班直接过去。”

奶奶家在一个设施落后的老小区里，和叶潇家离得不远。步行十几分钟的路程，叶潇和妈妈很快就来到了奶奶家门口。

“潇潇回来啦！”小婶推开门看到叶潇，马上堆起一脸热情洋溢的笑。

灯光昏暗的客厅里，老旧的电视机屏幕上画面一闪一闪的，暗黄色的弧形沙发上，并排坐着她的奶奶、大姑、姑父、小叔和她七岁的堂弟。

叶潇扯起唇角，礼貌地向面前的每一位长辈问了声好，然后指了指右侧奶奶的卧室房门，说：“我去里面看书了。”

还没等奶奶说话，妈妈就直接在她身后抢先说：“赶紧去吧！”

叶潇推开卧室门，刚走进去，就听见妈妈嗓门很大地解释道：“明天她考竞赛，忙着复习呢！”

“一个女孩子不用这么累，你和我哥也别给她太大压力。”小婶说。

“我俩从来没给过她压力！都怪这孩子随我，从小做什么事都太要强！不过我也想通了，要强点也没什么不好的，要是随了他爸，什么事都不争不抢的，那得吃多少亏！你说是吧，妈？”

叶潇关上门，轻轻笑了笑，似是不屑的嘲笑。从她很小的时候起，她就发现妈妈和奶奶说的话几乎都是问句，每句话都在含沙射影指责奶奶偏心，每句话的收尾都是“你说是吧，妈”。

奶奶却从来都不吃她这一套。

叶潇拎着书包坐在了奶奶的缝纫机桌子前——奶奶的卧室里没有桌子，所以她一直把缝纫机桌子当书桌用。她把竞赛辅导书翻开，拿起笔准备做题，门外的说话声却不绝于耳，吵得她心中烦闷。

“那也不能只会念书，也得锻炼点生活能力！”奶奶轻嗤，“你看人家然然，高中没念完就出去打工赚钱了，现在一个月能挣三四千，不也过得挺好？”

大姑连忙摆手：“我们家然然不肯念书，能赚点钱养活自己，我和她爸就已经很知足了。她可不能和潇潇比！”

“潇潇明天考竞赛，等决赛拿了奖，不但有高考加分，还能领奖金。奖金就能有个几千块钱吧。”妈妈冷冷地说。

“一个竞赛的奖金有这么高呢？”小婶惊讶道，又问，“他们是不是马上要分科了？潇潇想选文还是选理啊？听说高中理科挺难学，不聪明的根本学不会！但是学文科就业面太窄，你看咱们县这几年的文科高考分数，能上个好本科的都少！”

“当然选理，”妈妈说，“高中这点理科知识还能难得住她？再说了，全校第一学文，简直让人笑话！”

叶潇的笔尖久久停驻在雪白的卷面上，可能是她下笔太重的原因，水笔漏了水，黑色的墨渍将干净的卷纸浸染上一片泥泞。

叶潇静静地盯着眼前的这片黑色墨渍，只觉得恍惚又无力。

似乎周围所有人都一定要把她的人生硬塞给理科，可只有她自己知道，她学起理科来真的很吃力。她能够清晰地感觉到，很多时候连一道小小的物理题都在关着门拒绝她，残酷地对她说："我们不欢迎你。"

叶潇不知道自己究竟在哪里，又究竟有什么地方可以去。

真正的叶潇，原来连一个栖身的地方都没有。

叶潇也不知道自己为什么忽然又想起他，想起那个六年级的小男孩，曾经认真笃定地对她说："小鸟就应该飞翔在鲜花盛开的地方。"

只可惜这句温暖人心的话不过是出于童言无忌。

他没有送她花，他把手里的鲜花送给了另一个女孩子。

她依旧是那个飞得高高的、一无所有的叶潇。

午饭做好的时候，爸爸正好下班回来。叶潇被爸爸喊出去给大家盛饭，端菜，摆筷子。

一家人坐在一起吃饭时，几个大人东拉西扯地闲聊，话题总是脱离不开各自的工作和孩子。每个人都在拼命地从这两个话题里搜寻能够满足自己虚荣心的信息。

爸爸妈妈的工作没什么好值得炫耀的，话题自然就落到了叶潇的身上。她永远是爸爸妈妈能够尽情炫耀的底气。

"市里的教学水平和县里就是不一样。

"潇潇班上全是尖子生，一个个都特别厉害，不过都没有她厉害。

"他们这个年纪早恋的小孩太多了，她就从来不动这些歪心思。"

妈妈连珠炮似的炫耀，让大姑和小叔两家人在饭桌上插不上话。

妈妈的脸上一直挂着属于胜利者的得意笑容，直到小叔离席接了个电话，回到饭桌上时叹了口气说：“刚才县医院的李主任给我打电话，说妈的检查结果出来了。

“妈这个腰的毛病，得做手术，还得办住院，费用得个几万块钱。”

饭桌上忽然一片寂静。

“我手上最近真没什么钱，咱们也都知道，妈自己就一点退休工资，还不够平时自己花呢。”

妈妈不再说话，用筷子夹了根土豆丝，慢悠悠地往嘴里送了进去。

“哥，嫂子，要不你俩商量商量，先帮忙垫上？”小叔问妈妈道。

“没什么好商量的。”妈妈扯了下嘴角，冷笑道，“我们俩最近也没闲钱，得供潇潇念书，连住宿费带生活费开销真不算少，你们都不知道罢了。”

“嫂子，要不让你爸帮……”

“让我爸帮什么忙？”妈妈急了，“当时咱爸没了之后老房子拆迁，妈把整个房子全给你们家了，我和你哥说什么了吗？当初我和你哥从妈家搬出去住，买新房子，费用全是我爸出的，妈给一分钱了吗？”

“你突然提这些事干什么！”爸爸打断妈妈。

“是我要提的吗？当时早就说好了，房子给你们可以，妈哪天有病，你们出钱出力，和我们没关系！”

“你跟我出去！”爸爸扯着妈妈往门口走，然后“嘭”地关上了屋门，把叶潇一个人留在了饭桌上。

叶潇什么都没说，起身回到奶奶的房间里，打算收拾完书包就离开，堂弟却突然闯了进来，手里的玩具桶装满了凉水，“哗”地就泼到了她的身上。

“你干什么呢你！”小婶跟着闯进来，一把抱住堂弟，解释道，“对不起啊潇潇，你换件衣服？看这儿有没有你能穿的衣服。”

叶潇没说话，拎起书包要走。

“你别和他计较，他就是见不得他爸我俩挨欺负，有点气不过。”

到底是谁在挨欺负？

叶潇没去计较。

她只是倦了。

可以把笔记和试卷写得工整完美的叶潇，可以把书桌和床铺整理得整整齐齐的叶潇，终究无法抚平生活的褶皱和裂缝，让自己的生活也能称心如意。

她的生活并不如意。

比如她总是被尤萍针对。

比如她有一个这样的妈妈。

比如她无辜被卷入这些鸡飞狗跳的家事。

比如她不想学理科却硬是被所有人逼着学。

比如她找不到人去说这些压抑在心底的真心话。

比如阮雨声喜欢上了别的女孩子。

体面外表下破败不堪的内心，人活得像个脆弱的花瓶，不知道究竟用什么东西才能把满是缺口的灵魂稍微填补上。

叶潇穿着黏在身上的湿衣服打车回了家，掏出钥匙打开门后，发现家里并没有人。她也不知道爸妈究竟去了哪里。

她回到房间关上门，把湿衣服脱了下来，在衣柜里找了一套干净的衣服换上。

没过多久，门厅里传来了门锁转动的声音。

进门的不止有爸爸妈妈，还有小姨和小姨夫。客厅里，妈妈的骂声，爸爸的叹气声，小姨和小姨夫的劝慰声此起彼伏，连绵不绝。

叶潇将自己隔绝在小小的房间里，抱着竞赛书默默做题。到了傍晚的时候，小姨和小姨夫离开后没多久，门铃声又再次响起，这次来的是大姑和大姑父。

叶潇推开房门去上厕所，妈妈冷冷瞧了她一眼，说：“自己出去买点东西吃！没人有空给你做饭！”

“不用了，我今晚回学校住。”叶潇说完，回到房间里收拾好书包，独自打车去了车站。

宿舍里没有人在，叶潇回到宿舍后把东西放好，只觉得身上越来越冷，连骨头都是疼的，估计要感冒。

她没有理会，抱着书包走进了教学楼，在路过三班教室敞开的后门时，下意识地往里面看了一眼。

“声哥不带你这么坑队友的！你是敌方间谍吧你！”

“玩个游戏而已，胜负欲这么强。”阮雨声正捧着游戏机坐在倒数第二排，懒洋洋地靠在椅背上，神情散漫地低头打游戏。

炽亮的灯光从他的头顶上打下来，衬得他的皮肤白得晃眼。桌面上的几本练习册胡乱摊开着，月光洒落树梢，冰凉的晚风从窗外透进来，将练习册的纸页轻轻吹动。

为什么明明早就在心底和他划清了界限，却还是会不争气地想要再多看他一眼?

叶潇安静地站在原地，愣愣盯着他的侧影看了很久，看到眼眶都有些酸痛。

直到有两个女生端着水杯从后门走出来，叶潇才匆忙回神，拎着书包继续往一班教室走。

叶潇在教室里做题，直到清楼才回到宿舍。睡前她喝了包感冒冲剂，头却实在疼得厉害，于是又吃了片止痛药。止痛药里的咖啡因让她实在睡不着，她索性又爬起来看书。

第二天一早，她大脑昏沉，鼻腔也有些堵塞。竞赛的考场被安排在设施破旧的实验楼里，进考场前，她买了杯咖啡给自己提神。

叶潇的座位在靠窗第一排，后面就是阮雨声的座位。她走到座位上想坐下，却发现椅背的边缘卡进了后面桌子桌沿和桌壁的空隙里。她用力地将椅子往外拽了几下，却怎么都拽不出来。叶潇心中烦乱，索性拿拇指去掰椅背被卡住的地方，边掰边扯，指腹猛地被夹了一下，疼得她皱了下眉。

“别硬拽。”阮雨声忽然出现，把单肩包卸下扔到课桌上，叹了口气说，“我来吧。”

叶潇停了手上的动作，放着让他来，感觉到他的余光似乎盯着她的指腹看了几次。

大脑疼痛发胀，叶潇想，这大概是某种自作多情的错觉。

窗外是料峭冬日，呼啸的寒风透过身后关不严的窗缝猛烈吹打着她的脊背。叶潇一直在打寒战，身上越来越冷。她回头看了一眼，窗户上方用来挂帘子的钩子坏了，破旧的酒红色窗帘半吊着，根本没办法拉过来挡风，于是认命地转过了头，埋下头继续做题。

忽然，她听见了窗帘被扯动的声音，身后的风似乎被厚实的窗帘挡住了不少。

叶潇偷偷回头看了一眼，发现阮雨声右手答着题，左手一直在扯着窗帘。

“阮雨声，你专心答题，别扯那个破窗帘了行不行！”

“不行老师，不遮一下我太冷了。”

“你一个小伙子，这点风都扛不住？”

“真扛不住。”阮雨声说着，故意咳了几下，“我一个小伙子都扛不住，估计她更扛不住。”

叶潇的笔尖颤了颤。

“老师，能辛苦您去对面储物间给我俩找两件校服吗？”

“行，等着吧。不然你再鼓捣这破帘子，我看你连题都别想答完了！”

“给。”没过一会儿，监考老师拿着两件校服外套从门口走了进来，把其中一件冬季校服扔给了阮雨声，“厚的这件给你，省得你一直不消停！”

“我不要这件，这大棉袄也太沉了，穿着不舒服。”

还没等他把话说完，叶潇就感觉到自己的肩膀被一件厚重的衣服猛地压了一下。坐在她身后的少年扯着校服的边缘，耐心细致地整理着手上的校服，将它严严实实地裹在了她的身上。

强烈的暖意瞬间将她的周身包围，叶潇埋着头，笔上的动作没停，阻塞的鼻腔却忽然一酸，眼睛眨了眨，一滴眼泪落了下来。

她抬起手抹了下眼睛，余光注意到阮雨声把监考老师手里的那件秋季校服接了过去。

“我穿这件就行，辛苦您了！”

监考老师没再搭理他，转身走回了讲台。

咖啡仿佛失了效，汹涌的困意如同起伏的海浪，一次又一次席卷着叶潇的大脑。她强撑着考完了数学，距离下一门物理开考前，有半个小时的休息时间。

她正想闭上眼睡一会儿，忽然注意到数学老师捏着一沓卷子从门口朝她走了过来。

“潇潇，我忙不过来了，学校又着急要，你抓紧帮我批一下，考物理之前送到我办公室。”

叶潇喉咙胀痛，不知道该怎么拒绝，正想接过去，就听见阮雨声在她身后突然开口。

“老师，您什么时候也能给我一次批卷子的机会？”

他凑过来说：“这次的卷子让我批，您看行吗？”

“行，给你批。认真点，批错了找你算账！”数学老师皱着眉，把手里的卷子扔给了他，然后转身匆匆离开。

叶潇没去理会他的举动，只觉得浑身发烫，斜了下身子，把滚烫的额头贴靠在左侧冰凉的墙壁上降温。

身后的少年伏案批改卷子，上半身向前一倾，映在墙上的影子也随着动作猝不及防地前倾过来。叶潇的额头贴靠在墙上，也正好贴靠在了他的影子上。

叶潇怔了怔，望着墙壁上他的影子愣愣出神。

她在心里问自己，叶潇，你到底喜欢他什么呢?

是喜欢他总是一副吊儿郎当什么事都无所谓的样子，还是喜欢他爱管闲事爱揽活儿?

抑或是，只是远远地看他一眼，他的样子、动作、表情，随便其中一个都可以变成一种蛊惑?

叶潇闭了闭眼睛，终于，一滴眼泪从眼角渗了出来，一发不可收拾，她眼角渗出的眼泪越来越多，洇湿了墙壁上他的影子。

仿佛是后知后觉的痛，从她的心脏一点点地蔓延开来。来月经被罚站的痛，莫名其妙被泼冷水的痛，彻夜失眠的痛，发烧生病的痛，终于在这一刻悉数爆发了出来。

回忆被拉回到小学六年级那年，她可以在伤心难过的时候拿他当垃圾桶，肆无忌惮地对着他发脾气。他总是会陪在她身边，一边安慰她一边逗她笑。

他会笑话她说："叶潇你真的好惨啊。"然后边笑边帮她擦眼泪，边笑边哄着问她，"你看，你一累就对我发脾气，我是不是比你还要惨？"

可惜那个阮雨声再也不会出现了。

现在坐在她身后的阮雨声，是喜欢上别人的阮雨声，是不喜欢叶潇的阮雨声。

既然这样，他又为什么要管闲事管到她的头上？就不能离她远一点吗？

她忽然很想转过头去，大声地对他吼，你能不能离我远一点？

别再靠近我了，求你。

然而想推开他的人是她，此刻贪婪地靠在他的影子上，无论如何都舍不得离开的人，依然是她。

原来生来骄傲的叶潇，也会有这样卑微和没出息的一面。

原来生来不肯服输的叶潇，也会想要丢盔卸甲，把自己最脆弱不堪的一面展现在一个人面前。

可惜她知道，无论是怎样的叶潇，都早已和他无关。

和他有关的所有感受，都只不过是她自己的一厢情愿。

第十六章

不要再喜欢阮雨声了

她的愿望是，希望新的一年的叶潇，不要再喜欢阮雨声了。

竞赛结束后，马上到了交文理分科表的时间。

叶潇最终还是在妈妈的强迫下选择了理科。

在交完分科表之后的一个多月里，叶潇放弃了学政史地，把全部时间用来学理科。

她要证实一种可能性。

一种当她把全部时间用来学理，她的理化生成绩就会大幅度提高的可能性。

大到月考周考，小到平时的每一道练习题，都成为叶潇验证自己能力的一种方式。

然而验证的结果总是不尽如人意。

她想要靠这种验证去获取安全感，却最终靠这种验证失去了安全感。

“潇潇？”叶潇正盯着眼前的练习册出神，顾嘉南伸出手在她面前晃了晃，“没走火入魔吧你？”

叶潇笑了，摇了摇头。

“今天晚上跨年，你休息休息呗。”顾嘉南说，“正好下午咱们放假，一起出去玩？”

“就咱们俩吗？”

“本来想叫上黄伊澄的，她说她表姐昨天生了宝宝，下午她要去医院看她小外甥。正好我早上来的时候碰见洛一川了，他说他下午也想出去，我想着多个人热闹点，就答应带上他了。”

“好。”叶潇说。

下午，叶潇和顾嘉南站在男生宿舍楼下等洛一川。路过的男生见到叶潇，几乎都放慢了脚步，视线黏在她的身上，频频扭过头看她。

“唉，你这和明星出街似的，要不戴个墨镜口罩算了。”顾嘉南调侃道，“你和阮雨声，你们俩就应该一人一副墨镜、一副口罩，免得引起人心骚动。”

“潇潇！”洛一川从宿舍楼门口走了出来，看到顾嘉南，也和她打了个招呼，“南哥！”

“走吧。”顾嘉南兴奋地问，“咱们去哪儿玩？”

“去我家？”洛一川说。

“……”

“老洛不在？”

“在。”

“那谁还去，我不去。”顾嘉南一脸抗拒。

“我爸就是知道你要学文，所以才让我务必把你带过去，懂？”

“洛一川你给我下套？说好出去玩的，结果你是想把我拉过去受教育！”

“潇潇，你也去一趟吧。”洛一川说，“我爸说想和你聊聊。”

“和我聊？”叶潇一怔。

洛一川点了点头。

洛一川家的书房里，叶潇和老洛面对面坐在房间两侧的沙发上。

“决定学理了？”老洛问。

叶潇顿了下，点了点头。

“你这半年每次的考试成绩我都看了，说实话，文科优势更强。

“有时候周围的声音太多，人就听不清自己内心的声音了。所以在某些关键时刻，必须要学会捂上自己的耳朵。

“来，用手把耳朵给捂上。”老洛一本正经地说，“然后再回答一遍我的问题，确定要学理了？”

叶潇被逗笑了，坦白道：“其实我一直想学文，但是我爸妈不同意，尤其是我妈。”

她补充道：“我们班主任也不太同意。”

“行，还有别的原因吗？”老洛接着问。

叶潇摇了摇头。

老洛忽然把手机掏出来递给了叶潇：“来，把你妈的手机号给我存上。

“下学期你放心转文科班，这些问题我都能帮你解决。”

叶潇怔怔接过手机，心里生出了一股暖意。

“谢谢您，洛叔。”叶潇输完号码后，把手机递还给老洛，诚恳向他道谢。

“不用客气，开心点，和他俩玩去吧。”老洛拍了拍叶潇的肩膀说。

叶潇笑着点了点头，站起身往门外走，却没想到推开门，就和一个突然出现在门口的熟悉身影迎面撞上。

两人目光相对，空气在一瞬间陷入了凝结。叶潇愣怔片刻，迅速避开了视线，侧身让出位置给阮雨声，在他进来后才走出房门。

“声哥来了？”老洛的声音从房间里传了出来，“确定学理了吗？”

她站在门外，脚步像是被房间内的声音绊住，让她没办法离开。

她听见阮雨声笑着说：“您别开我玩笑了洛叔。我肯定学理啊，文科我是真不行。”

“潇潇要去学文，这回你就能拿第一了。”老洛说。

“叔，我胜负欲真没那么强，我考第一还是第二其实都一样。”阮雨声接着补了句，“但她不一样。”

“怎么不一样了？”老洛来了兴致，追问他道。

“您看她每天一声不吭的，其实比谁都能扛。就她身上的压力，一般人真扛不住。

“能扛还能撑，真当自己是铁打的一样。

“实话和您说，输给她，我挺心甘情愿的。”

听他说到这里，叶潇垂在身侧的手指无意识地蜷了蜷。

“潇潇！我刚切了水果，你快过来吃点！”顾嘉南忽然在客厅喊她。

叶潇应了声，匆忙朝客厅走了过去，没再继续听下去。

晚上在洛一川家吃过晚饭后，顾嘉南提议他们几个一起去中心广场看烟火秀跨年。因为家里临时来了客人，洛一川留了下来，只有叶潇、顾嘉南和阮雨声三个人一起去了中心广场。

广场上人声鼎沸，他们到的时候，烟火秀还没有开始。五光十色的彩灯缠绕在路边的树枝上，光晕铺染的小摊上摆满了小手工品和仙女棒。顾嘉南跑过去买了三支仙女棒，自己留下一支，把另外两支分别塞给了叶潇和阮雨声。

“仙女棒！咱们一人一支！

“阮雨声，临走前不是让你拿打火机了吗？快来帮我们点上！”顾嘉南催促道。

阮雨声从兜里掏出打火机，低头帮顾嘉南点燃了仙女棒，对她说了一句“新年快乐”。

“新年快乐！”顾嘉南匆匆回了一句，拿着仙女棒兴奋地转着圈跑了起来。

叶潇被顾嘉南孩子气的表现逗笑了，刚弯起唇角，就看到阮雨声来到了自己面前。

他同样对她说了一句“新年快乐”，然后按下打火机开关，拢起火光帮她点燃手里的仙女棒。

叶潇正想回应他，忽然被人从身侧撞了一下。旁边有几个小孩子在追逐打闹，一个小孩子手里举着燃烧的仙女棒朝她扑了过来，叶潇避闪不及，不但没站稳，手背还被猛地烫了一下，手里的仙女棒一下掉落在地上。

阮雨声及时抓住她的手腕扶住了她，却没有马上松手，目光落在她被烫红的手背上。

“谢谢。”叶潇的呼吸随着他的动作一滞，反应过来后，迅速把手腕抽了出来。

“怎么了你俩？”顾嘉南跑过来问。

“没事，”叶潇朝顾嘉南笑了笑，“刚才不小心把仙女棒弄掉了，我再去买一支。”

“那你帮我也再买一支。”顾嘉南乐呵呵地说。

“好。”叶潇点头答应，转身朝路边的小摊走了过去。胸腔里的心跳声剧烈，咚咚作响，只是因为他刚刚扯了一下她的手腕。

叶潇哽在喉间没来得及说出口的那句“新年快乐”，终究被她硬生生咽下。

叶潇付钱买完仙女棒，听见顾嘉南从另一个方向喊了她一声。

“潇潇！这儿！”

叶潇拿着仙女棒朝顾嘉南走了过去：“怎么换地方了？”

“阮雨声说那边有一群小孩在跑，容易撞到人，这边地方大，人也少。他刚说你手背被烫了，没事吧？快给我看看！”顾嘉南说完就扯过了叶潇的手背。

“没事。”叶潇说，却一直没看见阮雨声的身影，问顾嘉南，“他呢？”

“他刚接了个电话，说有事，然后就急匆匆走了。

“估计是黄伊澄看完小外甥回来了，约他一起去跨年呗。”顾嘉南说，“他俩每年都一起跨年。”

叶潇没再说话，视线微微模糊。

顾嘉南用打火机帮她把仙女棒点上，金色的火光在暗夜里“噼啪”亮起来，灼热刺目，叶潇静默地看着它一点点燃尽。

时间一分一秒过去，人群开始望向不远处建筑上摆动的钟表指针齐声倒数。随着零点钟声的响起，无数朵烟花炸开，在漆黑的夜幕中重重叠叠地绽放，溅起了一场盛大灿烂的彩色光雨。

叶潇仰头望着漫天绚丽的烟花，在心里许下了新年的第一个愿望。

她的愿望是，希望新的一年的叶潇，不要再喜欢阮雨声了。

第十七章

他没有对她说生日快乐

原来命运的签，只给了他们属于彼此一季的秋天。

高一下学期开学，叶潇和顾嘉南一起转去了文科班，把东西搬进了文科楼里。

叶潇和顾嘉南都被分到了高一（16）班，换班级那天自由选座，她们依然坐了同桌。洛一川也学了文，被分到了高一（15）班。

阮雨声经常会来文科楼找洛一川，约他一起去打球。

洛一川经常会来十六班找叶潇，每次来的时候，阮雨声都陪在他的身边。

“说真的，潇潇，你对洛一川到底什么感觉啊？”顾嘉南问。

“没什么感觉，”叶潇说，“就普通朋友。”

“那怎么每次他来找你，你都不拒绝？就他想的这些蹩脚理由，傻子都能看出来是硬编的，我不信你真相信。”

是啊，为什么不拒绝呢？

不是说好了，今年不要再去喜欢那个人了吗？

叶潇知道洛一川喜欢她。

所有人都知道洛一川喜欢她，所有人里，包括阮雨声。

可阮雨声还是会陪他来找她。

是为了给自己的好兄弟壮胆助威吗？叶潇在心里冷笑。

明明和阮雨声的接触越来越少了，她却依然那么讨厌阮雨声。

在听到黄伊澄说她哥哥怎样怎样的时候。

在看到阮雨声陪洛一川来她们班里找她的时候。

她对阮雨声的讨厌程度就会越来越严重，严重到她再也不想见到他这个人。

可为什么呢？

为什么她明知道洛一川找了一些烂透了的借口来见她，她却还是学不会拒绝？

叶潇站在教室门口和洛一川礼貌而有分寸地对话聊天，余光里却全是靠在窗台上等洛一川的阮雨声。

刺眼的光线从窗外透进来，沿着他的发丝轮廓一路倾泻而下。好像只要有他在，光就永远没法办打在别人身上。

路过的学弟会和他打招呼，礼貌对他说一句："学长好！"他会对他们露出亲切的笑，然后动作自然地拍一拍他们的肩膀。

顾嘉南从门口进出的时候，会大大咧咧地喊："你怎么又来了啊？"他则会理直气壮地反问："你管得着？"

三五成群的女生经过的时候，会不自觉地多看他几眼，边窃窃私语边捂着嘴笑，他会有些不自然地转过身去，仰头去看窗外的风景和蓝天。

新班级的数学老师任命叶潇当数学课代表，要求她每天把班里的数学作业收齐，在大课间的时候交到自己的办公室。

数学老师的办公室在理科楼，明明办公室的位置在二楼大厅的最左边，叶潇却总是习惯抱着一大摞作业绕到一楼最右侧的楼梯上楼。

二楼右侧的楼梯旁边是理科七班的教室，七班教室的后门总是敞开着，叶潇每次经过的时候，都能看到坐在靠窗倒数第二排座位上的阮雨声。

明晃晃的阳光透过窗帘缝隙洒在少年橙黄色的书桌上，在交错的光影里，叶潇遇见了好多个阮雨声。

转着笔看数学题的阮雨声。

趴在桌子上睡觉的阮雨声。

一边打游戏一边和前桌男生闲聊的阮雨声。

几十本数学练习册压得她手臂酸痛，手指也被勒出了红印，她却还是会每次都选择绕这条远路走，只为了能经过七班的教室一次，透过教室的后门状似不经意地看他一眼。

究竟要怎样才能不去看他?

究竟要怎样才能忍住不去看他?

叶潇似乎永远没办法知道答案。

叶潇在学文后成绩稳居第一名，理科成绩第一名变成了阮雨声。

一个学期的时间就这样悄然过去。放暑假后叶潇没有回家，住在了市里的大姨家，为了方便参加假期的数学补习。

顾嘉南和她在同一个补习班里，同样在这个补习班的，还有七班的于洋。8月21日，叶潇生日这天，恰好是补习班上课的最后一天。

叶潇刚走进教室，就看见自己的桌箱被各式各样的礼物和卡片塞得满满当当。

“都是咱班男生送的。”顾嘉南说。

叶潇淡淡笑了下，从书包里把课本掏了出来。

“你一个都不看啊？”顾嘉南困惑不解。

叶潇无奈笑笑，解释说：“晚上回去再看。”

“对了，你晚上有安排吗？要不咱俩一起出去吃个饭，给你过生日？”

“好啊，”叶潇说，“我请你吧。”

“哪有让寿星请客的道理。”顾嘉南悠悠道。

“今天发奖学金。”叶潇小声说。

补习班为了鼓励学生努力学习，会在每期补习结束的时候组织一次结业考试，考试成绩第一的学生可以获得500元的奖学金。

“好！成交！”顾嘉南激动地说，“那我就不客气了！让我想想去哪儿吃……

“于洋前几天和我说他表舅在市郊开了个音乐餐厅，我还挺感兴趣的。要不咱们去那儿吧！待会儿他来了我问问他。”

“好。”叶潇笑着答应说。

晚上下课后，叶潇和顾嘉南跟于洋一起来到了这家音乐餐厅。

餐厅的装修风格和酒吧很像，灯火摇曳，光影细碎斑驳，墙面上流光浮动，炫目迷离。

“于洋，你表舅开的这个餐厅环境还真不错啊，以前怎么没听你和我们说过。”

“刚开不久，试营业。”于洋挑了挑眉，“为了给女神庆祝生日，今天这顿我请了！”

“可以啊于洋！够仗义！”顾嘉南拍了下于洋的肩膀，注意到四周墙壁上悬挂的一个个粉色气球，扑哧笑出了声，“你给布置的场地啊？这么粉嫩，确实很衬我家潇潇公主的气质。”

“其实也不是我一个人的功劳……”

于洋挠了挠头，话还没说完，就听见顾嘉南大声喊：“我听见有人唱歌了！”

顾嘉南一边指着餐厅最里侧，一边拉着叶潇跑了过去。

叶潇跟在顾嘉南身后，让她莫名熟悉的歌声和音乐旋律越来越清晰，萦绕在她的耳畔。

“冷咖啡离开了杯垫，我忍住的情绪在很后面。拼命想挽回的从前，在我脸上依旧清晰可见。”

她们跑到了舞台前，顾嘉南有些无奈地扭头问跟在她们身后的于洋：“唱歌的怎么是阮雨声啊？”

“请不起专业歌手，正好咱们放假，让声哥来唱几天。”于洋解释说，“再说咱声哥唱得也不比专业歌手差啊。”

“那倒也是。”顾嘉南兴奋地拽了拽叶潇的胳膊，“欸，听黄伊澄说阮雨声唱歌特好听，你想听什么歌，让他给你唱！”

“最美的不是下雨天，是曾与你躲过雨的屋檐。”

阮雨声坐在舞台中心的高脚凳上，单腿着地，怀里抱着吉他，低垂眼睫对着话筒弹唱《不能说的秘密》。

舞台上的鹅黄暖光从天花板扫射下来，铺洒在地面上，仿佛温柔月色倾落满地。四周都是暗的，只有麦架前的少年处在光束的中心，被光照亮了脸上的棱角轮廓。

叶潇望着他怔怔出神，眼眶微微泛红。

“你说把爱渐渐放下会走更远，又何必去改变已错过的时间。你用你的指尖阻止我说再见，想象你在身边在完全失去之前。”

睫毛被泪水沾湿，叶潇连忙别过脸，抬起手胡乱抹了下眼睛。

“潇潇，你怎么了？”顾嘉南问。

“没事，”叶潇嗓音沙哑，“我去趟洗手间。”

叶潇匆匆朝身后的洗手间跑了过去，察觉到阮雨声的歌声好像停顿了片刻，又很快接续上。

“或许命运的签，只让我们遇见，只让我们相恋这一季的秋天。”

歌声阵阵盘旋回荡，叶潇终于再忍不住，捂住脸哭了起来。

“欸，暑假请你听周杰伦演唱会怎么样？”

“去哪儿听？”

“我买了 CD，到时候把 CD 给奶茶店老板，让他放给咱们听。”

叶潇笑了，弯着眼睛说：“那等我生日那天，咱们一起去吧。”

“好，一言为定。”阮雨声说，“到时候你可不能失约！”

那个夏天，失约的人是他。

她以为到了秋天就能再次和他在一起，可她熬过了一年又一年的秋天，却终究再没能重新走到他的身边。

原来命运的签，只给了他们属于彼此一季的秋天。

叶潇从洗手间出来时，餐厅里嘈杂喧闹，客人渐渐多了起来。于洋四处招待着客人，顾嘉南从离舞台最近的座位上站起身，朝她挥了挥手。

叶潇走了过去，在座位上坐下。

台上的阮雨声刚唱完上一首歌，电脑就随机播放起了下一首歌的前奏。

是周杰伦的《屋顶》。

“这首是男女对唱，有哪个女生会唱吗？愿不愿意来和我们帅哥合唱一首！”于洋问。

“潇潇你不是喜欢周杰伦吗？你肯定会唱！”顾嘉南站了起来，用力向于洋招了招手，“潇潇会唱！让潇潇唱！”

于洋兴冲冲走过来，把一支麦克风递到了叶潇的手里。

“我不会。”叶潇摆手推托，把麦克风还给于洋，“我真的不会唱。”

“我来啦！”黄伊澄忽然出现，两只胳膊揽住了叶潇和顾嘉南的肩膀。

“你怎么来了？”于洋皱眉。

“你让我哥哥在这儿免费给你做苦力！我凭什么不能来！再说今天潇潇姐生日，我是特意来给潇潇姐过生日的！”黄伊澄亮着眼睛，笑眯眯地对叶潇说，“潇潇姐，生日快乐！”

“行，你能来可太好了，正好这歌没人唱呢，交给你了！”于洋说着，把手里的麦克风塞给了黄伊澄。

“唱就唱，我唱歌可好听了！”黄伊澄美滋滋地说，刚要开口，就看见台上的阮雨声忽然低头切了歌。

“他干吗切歌！”黄伊澄不满道。

顾嘉南没忍住笑出了声：“幸亏他切了，不然就你那歌喉，分分钟把客人全吓跑。

“我说阮雨声对你还真不错，要是你开口唱了，肯定会被骂。到时候客人向老板索要精神损失费，于洋他表舅可就赔惨了！”

“讨厌死了你！”黄伊澄伸手去揉顾嘉南的头。

“女神，她俩太逗了。”于洋笑得不行。

叶潇扯起嘴角，想露出个礼貌地笑来，却一下和台上的阮雨声视线撞上。

叶潇表情不自然地避开了视线。

后来阮雨声好像临时有事，没唱几首歌就先走了，黄伊澄也起身追了出去。

这是叶潇过得最热闹的一个生日。她收到了很多人的祝福，餐厅里的客人一起拍着手为她唱《生日快乐歌》，坐在她周围的客人还会特意走过来对她说一句“生日快乐”。

她许愿，吹蜡烛，吃蛋糕，完成了一个十分圆满的生日仪式。

这本该是她最圆满的一次生日。

除了，阮雨声没有对她说生日快乐。

第十八章

他不缺你的关心

他不缺你的关心，也不会稀罕你的关心。会有人关心他的。

高二开学，叶风以中考全市第二名的成绩考上了市实验中学。

偶尔，叶潇会和他一起去食堂吃饭。

“买多了，送你。”阮雨声端着餐盘从他们身边经过的时候，常常会把盘子里的炸串扔几根到叶风的盘子里。

“谢了哥，”叶风抬头道谢，顺手把盘子里的炸串分几根到叶潇的盘子里，“你也吃点。”

“你俩怎么认识的？”叶潇盯着餐盘里的炸串问叶风。

“前两周打球的时候认识的。”

“他有和你提过我吗？”

叶风表情一蒙：“提你干吗？你俩熟吗？”

“没事。”叶潇低着头，淡淡道，“不熟。”

“不过川哥倒是一直在问我关于你的事，看上去特别关心你。”叶风笑得贼兮兮的。

叶潇不再说话，垂头默默吃饭。

“我可没说你坏话啊！”叶风紧接着说，“声哥每次都在场，他可以给我做证。”

叶潇淡淡“嗯”了声，心里一阵酸涩翻涌。

她好像更讨厌阮雨声了。

开学没多久，一年一度的秋季运动会如期而至。

叶潇负责给班级队伍举牌。早上从宿舍出发的时候，她感觉外面的气温不算低，于是只穿了学校统一发的白衬衫和粉色短裙。然而当开幕式正式开始后，天色却忽然暗下来，空气中泛着凉意，潮湿的冷风打着卷往她的衬衫领口里钻。

叶潇举着班牌在班级队伍前熬了半个多小时，终于熬到了开幕式结束。

因为没有项目要参加，她把班牌放回看台上就匆匆离开，打算先去医务室买几个暖贴，再回宿舍换一身厚点的衣服穿。

叶潇刚走进医务室门口，就看到叶风正站在装药的柜子前东翻西找。

“你怎么了？受伤了？”她问。

“我？我没事。”叶风解释说，“是声哥昨天把脚崴了，他待会儿有项目，我刚从教室出来，顺路过来帮他拿个药。”

叶风接着问道：“你怎么来了？身体不舒服？”

“严重吗？”叶潇忽然问。

“呃？”

“阮雨声……受伤严重吗？”叶潇说，“严重的话可以喷旁边那个喷雾，比你手里拿的这个药效果好。”

“还行，不太严重，用这个就行。”叶风答道，又问，“不是，你还没回答我呢，你不舒服啊？”

“没有，我就是来拿几个暖贴。刚才举牌站了半个多小时，冻死我了。”

“你们举牌的每次都穿这么少，能不冷吗？”叶风把手里的一件黑色外套递给了她，“你先披一下，赶紧回宿舍换身厚衣服穿。”

叶潇没和他客气，接过来披在了身上，扯起衣服袖子打量了一眼，问：“你什么时候开始穿黑色了？我都不记得你有这件衣服……”

“这衣服不是我的，是我帮声哥拿的。”叶风说完便匆忙转身走出了医务室，“你待会儿记得帮我给他送过去啊！”

叶潇愣在原地，捏着衣服袖子的指尖无意识地颤了颤。

叶潇回到宿舍换了一身厚运动服，盯着自己搭在椅背上的黑色外套看了看，把它拿起来抱进怀里，锁好宿舍门后朝操场走了过去。

叶潇边走边想，究竟该怎么把衣服还给他？

直接去七班的看台上找他吗？他们班同学看到了会不会八卦他们两个？

想到这里，叶潇不仅在心里苦笑，嘲笑自己多余的担忧。

怎么会呢？

早就已经没有人会传她和阮雨声的八卦绯闻了。

叶潇抱着校服，正要绕过操场往看台的方向走，就看见两个七班的男生从她的面前飞快跑过。

“刚声哥跑接力的时候摔了，好像挺严重，站都站不起来了。”

“他脚都崴了还跑？”

听到两人的对话后，叶潇大脑骤停，想都没想就急急跟在了他们身后。她心急如焚，视线紧紧地黏在他们的背影上，根本没注意身前有人经过，正好和两个边走边推搡打闹的男生撞个正着。

叶潇被撞得摔倒在地上，两个男生瞬时表情慌乱，手忙脚乱地伸手去扶她，一边道歉一边要送她去医务室看看。

叶潇摔得不轻，尾椎骨钻心地疼，两个手掌都擦破了皮，渗出了鲜红的血丝。她疼得眉头紧皱，却只是低声说了句“没事”，然后捡起掉在地上的外套，急匆匆地继续往操场上跑。

然而她没跑几步就停了下来，像是一步都再也迈不过去。

不远处操场的尽头，黄伊澄正搀着一瘸一拐的阮雨声往医务室的方向走。

黄伊澄急得眼泪都涌了出来，边哭边指责他：“都说了不让你跑了，你非要跑！

“你要是就这么瘸了！以后都别想再打球了！”

阮雨声对她露出虚弱的笑，问：“有你这么诅咒人的吗？能别哭了吗？”

叶潇站在原地，心里一瞬间灌满了酸涩。她问自己，叶潇，你到底在干吗？你为什么要这么关心他？

他不缺你的关心，也不会稀罕你的关心。

会有人关心他的。

就算你跑过去了，你又能做什么？能像黄伊澄一样光明正大地搀着他去医务室吗？

掌心里火辣辣的灼痛仿佛在提醒着她，叶潇，你清醒一点吧，别再执迷不悟了。

叶潇也不知道自己究竟在原地站了多久。直到广播里响起高一男子八百米接力检录的通知，准备去检录的叶风正好从她身边经过，跑到她面前一脸惊讶地问：“你站这儿干吗？”

察觉到她的情绪不太对劲，叶风又问："你怎么了？"

叶潇一言不发，冷着脸把手里抱了一路的外套扔给了他，然后转身离开。

第十九章

我们不是朋友

“我们不是朋友。我不想和你做朋友。”

时间匆匆而过，再开学已经是高二下学期。

刚开学不久，洛一川在篮球赛上受了伤，牵动了之前的旧伤不得不动手术，被迫要休学半年。

“估计下学期开学我就得直接留级去我爸他们班了，我和声哥说了，让他帮我照顾下你。

“再说叶风也在，遇到有人纠缠你，你就去找他俩，别自己扛着憋着。”

洛一川休学前嘱咐叶潇道。

叶潇只是扯起嘴角笑了下，淡淡地“嗯”了一声，说：“你手术之后注意身体，好好休息。”

虽然洛一川托阮雨声帮忙照顾她的这个行为让她很不舒服，她也没有多说什么。

她终究没办法把他当成叶风，对他凶巴巴地问上一句，你凭什么乱安排人来管我的事?

脾气不好的叶潇，对待旁人却一向疏远客气。

她从来都只会对自己最亲近的人凶巴巴。

所以被她凶过的人除了叶风以外，好像就只剩下小时候的阮雨声。和总喜欢躲着她的叶风不一样，阮雨声很喜欢黏着她，还对她说，真实的叶潇其实也很可爱。想到这里，叶潇禁不住在心里苦笑。

原来小时候的阮雨声骗了她。

原来长大后的阮雨声变得和叶风一样，一样都不再喜欢这个凶巴巴的叶潇了。

第一次月考结束那天下午，叶潇回教室有些晚，整个教学楼一片寂静空荡。

她正打算收拾东西回宿舍，忽然看见黄伊澄从教室门口走了进来。

"潇潇姐，今天我们班我值日，但是我有点急事，想找个人替我一下。

"我回来得太晚了，我们班的人都走光了，你能不能去帮我一下？"

黄伊澄走到她面前，眨了眨眼睛说："等下次你值日的时候我替你！"

"好。"叶潇顿了下，还是点头答应了她。

"爱死你啦潇潇姐！"黄伊澄搂着叶潇的胳膊亲昵地往她怀里蹭了蹭，然后一蹦一跳地朝教室门口跑了过去。

"回去给你哥哥准备生日惊喜啊，先陪你去挑礼物！"一个站在教室门口等黄伊澄的女生说。

叶潇呼吸一滞，扶着桌角的手下意识地收紧了些。

原来黄伊澄口中的"急事"，是要去给阮雨声准备生日惊喜和买礼物。

小学的时候阮雨声给她送过的那些礼物，至今还被她存放在自己床底下那个最宝贝的小盒子里。

给她送过礼物的人实在太多了，实话说，那些礼物她并没有多么上心地去保管。有时候亲戚家的弟弟妹妹来她家里玩，哭着喊着想要别人送给她的那些东西，叶潇无奈之下也就都送给他们了。

只有阮雨声送给过她的东西，她总是想尽办法地把它们藏在最保密的地方，连看都不想让它们被那些弟弟妹妹看到。

阮雨声送给她的东西，她从来不想和任何人分享。

可是阮雨声一定不会像她一样。给阮雨声送过礼物的女孩子同样多到数不胜数。

但阮雨声会珍藏的礼物，大概只有黄伊澄送给他的那些。

她忽然感觉胳膊上被黄伊澄搂过的地方有点发麻。

女孩亲昵地往她怀里蹭的感觉还没散去，让她浑身不适应。

黄伊澄真的好会撒娇啊，叶潇再次忍不住感叹，难怪阮雨声会喜欢。

她就永远学不会这样。

叶潇不再继续想下去，拎起书包走去了理科楼一班的教室。

花了半个多小时的时间打扫完毕，天色已经渐暗。

教学楼里空无一人，叶潇打算先去上厕所，然后再回教室拿包和锁门。

她刚走出教室，就听见身后有人喊了她一声。

“欸，叶大校花！”

是之前一直缠着她的陆泽远。

叶潇心中一阵烦乱，没理他，加快了脚步往前走。

路过水房的时候，她看见了正站在水龙头前拧抹布的阮雨声。

他竟然也还没走。

两人错愕地对视了一瞬之后，叶潇连忙把眼神移开，当作没看见他一样，继续飞快地往前走。

她走到女厕所门口的时候，忽然被人从身后推了一把。

“走这么快干什么啊校花？”陆泽远跟着她进了女厕所。

“这是女厕所，你有病吧？”叶潇冷着脸瞪他。

“女厕所又怎么了，现在楼里又没人。”陆泽远说着话，直接伸手去扯她的胳膊，“赏脸一起吃个饭呗。”

叶潇“啪”地打开了他的手，想往厕所门口走，又被他一下扯了回来。

他的力气很大，扯得叶潇手腕一阵疼。

“你再这态度别怪我不客气了啊！装什么……”

他话还没说完，叶潇忽然感觉有人把她往旁边拉了一把。

突然出现的阮雨声二话不说，一拳打在了陆泽远的脸上。

陆泽远被打得后退了几步，舌尖舔了舔渗出血的唇角，一脸的不可置信。

“以后你再缠着她试试。”阮雨声冷着声音道。

陆泽远盯着阮雨声半晌，表情似有不甘，却没再吭声，低声骂了句便转身离开。

“你怎么在这儿？”阮雨声表情不佳，说话的语气也算不上好，“你能有点安全意识吗，叶潇？”

重逢一年半，这是他正式和她说的第一句话。

叶潇嘴唇动了动，鼻腔忽然一阵酸涩涌上。

因为黄伊澄要和我换值日。

因为黄伊澄急着回去给你买礼物，帮你过生日，所以让我留下来替她值日。

叶潇沉默，一句话不说。

“遇到这种事都不找我帮忙，”阮雨声扯了扯唇角，露出自嘲的笑，“就这么讨厌我，是吧？”

叶潇眼眶热了热，眼前有雾气弥漫开。

为什么忽然这么想哭呢?

他不理她，把她当陌生人，她不想哭。

他这样装模作样地关心她、质问她，她反而特别想哭。

不可以在他面前哭，叶潇攥紧拳头告诉自己，眼泪却眼看着就要落下。

她忽然转过身去背对他，面对着厕所墙壁上刺眼的白色瓷砖，身体控制不住地发抖。

“对，你说得没错。”叶潇颤着声音开口，“我就是讨厌你，也不需要你帮忙。”

所以你能不能赶紧走。去找你的黄伊澄，不要再在这里替你的好兄弟来假模假式地关心我。

我不需要。

叶潇的眼泪止不住地在脸颊上一滴滴滑落，她抬起手胡乱地抹了抹，紧咬着唇，身体抖得越来越厉害。

“怎么还是这么爱哭啊你？”叶潇听见身后的人叹了口气问。

她的手心里忽然被塞进来一张柔软的纸巾：“你讨厌我，难过的不该是我吗?

“把自己弄这么难受干吗？傻不傻？”

叶潇抬手用纸巾捂住脸，明明他放轻了语气在安慰她，她却反而哭得越来越凶，不停地抽噎着，眼泪止不住地往外涌。

“叶潇，其实如果你愿意的话，你可以把我当朋友。”阮雨声沉默了很久后，忽然开口说。

“我们不是朋友。”叶潇哑着声音打断他。

“我不想和你做朋友。”她哽咽说。

有时候她也会问自己，为什么不能和他做朋友呢？

他们明明在小时候关系那么要好。

做个朋友，也能每天和他打招呼，说说话，也可以从他身上汲取到一点点的温暖。

明明她这么想和他说说话。

明明她这么依赖他。

她为什么不能伸手去抓住他呢？

哪怕只是抓住他的一个衣角，都远远胜过抓住别人的一只手。

可她就是说服不了她自己。

她已经陷进去了。

她已经陷进去了，所以再也不可能若无其事地继续和他做朋友了。

她想让他只喜欢她，只对她好，再也不去理别的女生。

朋友怎么有资格提这种过分的要求？

所以他们之间才会变成这样，变成像是彼此的敌人一样。

叶潇猛地转过身，推开门跑了出去。她跑出了教学楼，灰白一色的校园里，乌云沉在天际，冷风吹动道路两旁摇曳的树枝，一片萧索。

图书馆上方的大屏幕里在循环播放着周杰伦的《退后》。

叶潇忽然感觉呼吸很闷，心脏也很痛。鼻腔里有什么东西落下来，她抬手抹了一下，看到了鲜红的血。

“叶潇你能不能别这么吓唬人！”

“我吓唬你什么了？”

“你突然流鼻血还不吓唬人！”

“你要是再不好好休息，再在我面前流鼻血，你就是恶意伤害我，是要对我负责的！”

“你想让我怎么负责？”

叶潇想着，眼泪忽然又落了下来，哭着又笑了。

那一年吵着要让她负责的阮雨声，应该不会再回来了吧？

她微笑着仰头去看天空，看树，看风，却再也找不到一个答案了。

因为在分别那天，阮雨声说，他走了就不会再回来了。

不会再回来找她了。

第二十章

拼了命去保护的人

会让叶潇拼了命去保护的人，自始至终只有阮雨声一个。

那天之后，叶潇没怎么再见过阮雨声。

有时候顾嘉南会邀请她出去玩，只要听说阮雨声也会去，她都会本能地拒绝。

她不再在他面前故意热情开朗地去和别的男生讲话，用这种夸张拙劣的表演方式去引起他的注意或者故意气他。

那天她对他说的话像是捅破了隔在他们之间的最后一层窗户纸，没了这层窗户纸之后的他们，彻底沦为了陌生人的关系。

五月初夏，天气还未回暖，狂风卷过校园，树木草丛被刮得猛烈摇晃。

期中考试第二天下午，叶潇提前来到考场，正翻开课本准备复习，忽然听见窗外传来了陆泽远的声音。

几个男生双手插着裤袋倚在树下说话，陆泽远也在其中。

“他妈真自杀过，差点就没抢救过来，就因为他爸找小三。”

“那他每天装什么装啊，他爸是有钱，钱都给私生子了吧？阔少爷的命比草都贱。”

“要不人家怎么叫校草呢？”

陆泽远话音刚落，几个男生就大声哄笑起来。

身侧的窗户突然被人敲了下，叶潇转头看过去，只见陆泽远抱着胳膊靠在窗边，耷着眼睛看她，唇角露出了一个轻蔑的笑。

他朝她抬了抬下巴，比画了一个让她出去的手势。

教室里的同学似乎也听到了窗外的说话声，纷纷交头接耳地小声议论起来。

“真的假的？”

“阮雨声怎么这么惨啊？”

“经历过这种事，心理多少有点不正常吧。”

监考老师抱着试卷走了进来，叶潇却“啪”地合上书站起身，二话不说走出了教室。

“叶潇！马上开考了，你干什么去？”

叶潇没回头，只是飞快地往外走，刚走出教学楼，就看到了站在教学楼门口的陆泽远。

“哟，女神还真不考试了？”

叶潇走到他面前，冲上去就一把扯住他的领子，用尽全部的力气狠狠地给了他一巴掌。

她不知道这一巴掌打下去陆泽远的脸能有多疼，但她的手真的好疼好疼。

“你疯了吗？”陆泽远一脸不可置信，注意到叶潇又要动手，赶紧用力攥住了她的手腕。

“我不过说他几句，你急什么？

“上次他打我一拳的账还没算，”陆泽远轻笑一声，“刚叫了几个哥们儿在酒吧后街帮我教训他，我还挺好奇的，他现在得被打得有多惨……”

叶潇耳畔“轰”的一声，顾不得被攥得生疼的手腕，情急之下狠狠踢了他一脚，挣脱后飞快往校门口跑。

她脸色泛白，脑海中拼命闪过一群人围堵阮雨声的画面，眼前瞬间蒙上了湿润的水汽。眼泪在眼眶里打转，叶潇不知道自己为什么忽然这么想哭。

明明他那么讨厌，他不喜欢她，整天和另一个女生在一起，还和她说什么把他当朋友的鬼话。

可他是阮雨声，是叶潇最喜欢的阮雨声。

狂风打在她的脸上，叶潇只觉得浑身上下被寒意浸透，冷得她止不住地发颤。

她终于气喘吁吁地跑到了酒吧的后街，看到阮雨声脸上带了伤，被一群小混混压住半跪在地上，周围无数拳头和棍子落在他的身上。

眼里蓄满了泪水，视线模糊中，叶潇隐约看到一个小混混捡起地上的一个空酒瓶朝阮雨声走了过去。

她大脑一片空白，几乎是本能地扑了过去，用自己的身体护住了跪在地上的阮雨声。她听见了酒瓶在自己背上碎裂的声音，猛烈的痛意从后背迅速蔓延开来，痛得她的意识瞬间不再清醒。

那一刻，叶潇才终于发现，原来喜欢一个人，是可以这样痛的。

叶潇醒来时身在医院，阮雨声坐在病床边的椅子上，眼睛很红，脸上的伤已经被涂了药。

“还疼吗？”见她睁开眼，阮雨声问她，嗓音哑得不行。

叶潇摇了摇头，轻声问他：“你呢？”

阮雨声不再说话，目光低沉，像极力克制着什么情绪。

过了一会儿，他终于开口问："为什么不考试跑出来？为什么要冲过去帮我挡那一下？"

叶潇动了动嘴唇，又听见他冷声质问她："你不要命了是吗？"

"哥哥，"黄伊澄忽然从门口走进来，"刚刚医生开的药我取好了……"

黄伊澄问："潇潇姐你醒了！你没事吧？"

叶潇点了点头，阮雨声眼神紧盯着她，还在等待她的回答。

"你是因为那天帮了我才惹上陆泽远的。

"我当时只是想，如果你真出了什么事，我该怎么负这个责任，又该怎么还你这个人情。

"我宁愿出事的是自己。"叶潇忍着鼻酸，仰头压下眼泪，一字一句地说。

阮雨声低下头，唇角轻轻扯了一下，没再说什么。

"潇潇姐，你别这么说，那天的事我听说了，无论换作是谁被纠缠，我哥哥都会帮忙的。那件事其实是我的不对，要不是我非要和你换值日……反正都是陆泽远的错，你们谁都没有错，真的。"

是啊，无论换作对方是谁，阮雨声都会帮忙的。

然而会让叶潇拼了命去保护的人，自始至终却只有阮雨声一个。

那天之后，陆泽远被学校处分，被要求停课回家反省。阮雨声家里发生的那些事开始在学校里疯传，尤萍制止了几次，谣言终于有所消解。

半个学期的时间很快过去，期末考试结束后，于洋说他表舅新开的音乐餐厅后面有一个新建成的度假别墅，想邀请他们几个朋友去住一晚，大家聚在一起玩一玩。

叶潇本来想拒绝，却被顾嘉南执意拉了过去。

“你看你熬个考试周都把自己熬成什么样了？必须去，好好放松放松！”

那晚几个男生要出去打篮球，顾嘉南也跟着一起出去玩了，只剩下叶潇和黄伊澄留在了客厅里。

“潇潇姐，我们聊聊天吧。其实这段时间我心情一直不是很好。”黄伊澄突然对叶潇说。

“好，”叶潇问，“聊什么？”

“聊聊我哥哥。”黄伊澄说。

叶潇表情一僵，陷入了沉默。

“他家里发生的那些事，你都听说了吧？其实我这段时间特别想找个人说一说，但是我又信不过他们。就连嘉南，我都不想和她说太多。

“但我想和你说，感觉你和他们不一样，我特别相信你。

“他妈妈自杀过，在他读初一那年。

“那天我在外面补课，具体情况是听邻居说的。听说当时他刚打完球，拿起手机看到了一条短信，是他妈妈发过来的。短信上写：‘儿子，妈妈以后不能再陪着你了，你要好好照顾自己。’”

听到这里，叶潇的心脏不受控制地抽痛起来。

“他妈妈躺在床上喝了一整瓶安眠药，幸亏他爸爸及时赶了回去，把他妈妈送去洗胃了，他妈妈才被抢救过来。

“那件事之后，他就没以前那么活泼了，总像是藏着心事。别人问他是不是很难过，他总是笑笑说他没事。

“后来没过多久，他爸妈就离婚了。阿姨在离婚之后的精神状态一直不是很好，得了抑郁症，发病的时候会控制不了自己的情绪。再后来，因为需要人照顾，阿姨偶尔会被接到他的姥姥家住。我家就在他家隔壁，有时候他一个人住在家里，我奶奶心疼他，总是叫他来我家吃饭，给他做好多好吃的。

“有好多喜欢他的人，可能在知道这些事之后就没那么喜欢他了。但我不会。我奶奶说我的性格像个小太阳，所以我想，我一定要尽我自己最大的努力去温暖他。

“对了，潇潇姐。有一件事你应该还不知道，他要搬去中国香港了。”

“搬去中国香港？”叶潇问。

“嗯，阿姨有一个老同学，现在在那边做生意。听说那个叔叔在读书的时候就很喜欢阿姨，去年他妻子生病去世了，今年他又联系到阿姨，说想把她和雨声哥一起接到那边去住。

“阿姨同意了。

“虽然我真的特别舍不得他，但我觉得，等他到了那边，有了新的生活，应该会过得比现在更开心吧。

“反正等到上大学的时候，我还可以去那边找他。”

叶潇静静听着，心里空荡荡的，像是破了个洞。有冰冷的风从洞里吹进来，让她心上的每一处都泛起了剧烈的疼。

第二十一章

不要天明，不要雨停

她痛得浑身都是冷汗，却还是好希望，这条路能走得再慢一点。不要终点，不要天明，不要雨停。不要阮雨声离开她。

“外面下雨了，球没法打，咱们玩把‘狼人杀’呗。”

门外有声音传进来，几个人推开屋门走进了客厅里。

叶潇看见阮雨声跟在人群中走了进来，身上的灰色短袖 T 恤被雨水打湿，漆黑的碎发垂在额前，上面挂着湿漉漉的水珠。

他比小时候更白了，叶潇却忽然深切地感觉到，他眼里减少的光芒让他皮肤的白多了几分脆弱感。

叶潇正微微出神，手里突然被塞进一张牌。

大家都围着茶几坐下来后，于洋宣布自己当“法官”，游戏猝不及防地开始。

“天黑请闭眼！赶紧的，都闭眼！”于洋催促道。

叶潇看了眼手里的狼人牌，轻轻闭上了眼睛，刚刚阮雨声的模样仍旧清晰地浮现在她的脑海中，连同黄伊澄的那些话一起，让她的心口一阵一阵发疼。

“狼人请睁眼，狼人，睁眼睁眼！”于洋接着说。

叶潇缓缓睁开了眼睛，正好和对面同样睁开了眼的阮雨声视线撞上。叶潇鼻尖一涩，眼角忽然有点湿。

黄伊澄说，他要搬去中国香港了。

那么远的地方。

但黄伊澄还说，有了新生活之后，他会过得更开心一些。

喉间猛地涌上一股血腥味，鼻腔湿润，她抬手摸了摸，看到了血。

“狼人，今晚你们要杀……”

阮雨声神色一顿，连忙从桌上的纸抽盒里抽出两张纸塞给了她。

叶潇接过纸，捂住鼻子小声说了句“谢谢”，然后马上起身去了客厅右侧的洗手台。大家纷纷睁开眼，站起来询问她的情况。

“你没事吧潇潇？”

“没事吧潇潇姐！你怎么突然流鼻血了？”

叶潇拧开手龙头洗手，转头和他们解释：“没事，最近有点上火。”

“你们接着玩，我洗一下就好！”叶潇朝他们喊道。

几个人这才放心坐下，阮雨声却朝她走了过来。

“你找我有事？”叶潇低头往手上挤了点洗手液，见他过来，转过头平静地问他。

阮雨声脚步一滞，顿了下说：“我要转学了，去中国香港。叶风之前和我要了几本参考书，一会儿拿给你，你帮我带给他吧。”

“嗯。”叶潇用力揉搓沾满洗手液的双手，嗓音有点发颤。

“那我先走了。”阮雨声转身要走。

“那个……”叶潇忽然扭头，忍着鼻音问，“你什么时候走？叶风说暑假想找你打球……”

“明天。”他回过头，“明天就走。”

他抬眼看她，补充说：“我这次走，就不会再回来了。”

“嗯，一路顺风。”叶潇的声音哑得像是掺了沙，说完便匆匆转回了头。她微仰了下头，想把眼里的泪意压回去，却还是有一滴眼泪毫无知觉地掉了下来，融进了她手背上的白色泡沫里。

客厅的音响里在放邓紫棋的《泡沫》。

“早该知道泡沫，一触就破。就像已伤的心，不胜折磨。”

“爱本是泡沫，怪我没有看破，才如此难过。”

她自以为早已将爱看破。

可为什么还是会这么难过?

叶潇没再继续和他们玩游戏，提早回到卧室爬上床休息。外面雷声阵阵，伴着倾盆洒落的暴雨，“噼啪”敲打着玻璃窗。叶潇躺在床上翻了好几下身，明明浑身都累，却偏偏怎么也睡不着。

她的失眠症又犯了，但她忘了带药过来。

脑海里一幕幕回忆闪过，叶潇这才发现，原来阮雨声对她说过的每一句话她都记得这样清楚，甚至能清晰记得他说话时身上衣服的款式和颜色。

可这能代表什么呢？代表她喜欢他吗?

可她的喜欢，又能代表什么呢?

也只不过是喜欢罢了。

她的喜欢没办法把他留下，更没办法让他也喜欢上她。

她的喜欢，从来都是一丁点用处也没有。

卧室门发出被推开的“吱呀”声，顾嘉南和黄伊澄也进门爬上了床。两个人似乎玩得很累，和叶潇打了个招呼后，没过多久就睡着了。

叶潇清醒着躺了一会儿，突然觉得身上越来越冷，盖着薄毯依旧止不住地打冷战。她起身想去调一下空调温度，小腹却传来了一阵剧痛。算一下日子，她的确快来月经了，大概是由于最近熬夜导致内分泌失调，来得比上个月早了几天。

叶潇捂着肚子爬下床，打算去调一下冷风温度，按了好几下按键后发现是恒温，于是只好放弃。她去卫生间换了个卫生巾，路过客厅茶几的时候觉得口渴，于是拿起一瓶没打开的混合果蔬汁喝了几口，然后再次爬回到床上。

身侧的顾嘉南被她的动静弄醒，迷迷糊糊地问她去哪儿了。她解释说自己来了月经，让顾嘉南接着睡，不用担心她。

又躺了一会儿后，叶潇忽然觉得自己的头越来越重，嗓子也开始干涩发疼，更重要的是，她觉得自己连呼吸都变得吃力，并且有强烈想吐的冲动。

她实在撑不住，再次下床，扶着墙壁往卫生间走。路过客厅茶几的时候，她特意看了眼刚才喝过的果蔬汁，发现里面有自己过敏的成分，心里一阵懊恼。她在走进卫生间后插上了门锁，俯在马桶上吐了好长时间。因为晚上没吃什么东西，吐出来的几乎都是清水。浑身都被卸了力，肚子绞着痛，头也痛，眼前的视线开始变得模糊不清。她强撑着走到门口，把手搭在门把手上，却连转动把手打开门锁的力气都没有了。

“你怎么在这儿啊？”门外传来了顾嘉南的声音。

“去冰箱拿瓶水，你呢？”

“潇潇今晚不太舒服，我刚才听见她又去厕所了，好久没回来，就想出来看看。”

“她不舒服？”阮雨声问。

“她……来那个了。”顾嘉南含糊解释道。

叶潇努力转了转门把手，终于，门外不远处的两人听见了卫生间门上的响动。

“叶潇？”阮雨声喊她的名字。

她开口回答，却因为实在没有力气，声音小得连她自己都听不清。

叶潇无奈地把背靠在门侧的墙上，双腿无力，她缓缓靠着墙滑了下去，坐在了地上。

很快，她听见了撞门的声音，门锁在外面被拼命转动。终于，门被外面的人一下撞开。

“叶潇！”阮雨声闯了进来，看到她后瞬间拧紧了眉，“哪儿不舒服？”

叶潇想说话，却只是咬着嘴唇皱了下眉。

阮雨声伸手碰了下她的额头，被烫得一下缩回了手。他马上蹲下身，二话不说把她背了起来。

“潇潇没事吧？”顾嘉南跟进来问。

“没事，发烧了，我送她去医院。”

“都这么晚了，外面雨这么大，根本打不着车，你……”顾嘉南一脸担忧。

还没等她把话说完，阮雨声就背着叶潇跑了出去。

最近的医院到这儿得有三十多分钟的路程，他这是打算直接把她给背过去?

顾嘉南追上去，把放在门口的雨伞撑开，塞进了叶潇的手里。叶潇手上恢复了点力气，虚虚地握着伞。

“你俩小心点！”

还没等她嘱咐完，阮雨声就背着叶潇冲进了雨里。

叶潇把头靠在阮雨声的肩膀上，让滚烫的脸颊紧贴在他冰凉的T 恤上降温。

“再忍一下，咱们马上就到了。”阮雨声急喘着气，边跑边对她说。

咱们吗？

“再忍一下啊，咱们马上就到了。”

“叶潇，你怎么难受的时候力气还这么大啊？真是难以想象，在未来那——么长的日子里，我要一直忍受你无休无止的欺负。”

叶潇忽然轻轻地抬起头，去看远方歪歪斜斜在她眼前晃动的黑色路面。

雨水冲刷着黑夜，路像是看不到尽头。

这条路可不可以没有尽头？

他就这样背着她一直跑下去，一直跑下去，无论他要带她去哪里。

只要和他在一起，去哪里都可以。

她痛得浑身都是冷汗，后背止不住地一阵阵发抖。鼻子和嘴巴像是被紧紧捂住一样，让她连简单的呼吸都开始变得吃力。可她却还是好希望，这条路能走得再慢一点。

不要终点，不要天明，不要雨停。

不要阮雨声离开她。

雨势又大，雨点重重砸在她的身上，冰凉刺骨。她看到阮雨声的头发被淋湿了，苍白的脸上也失去了血色。

她忽然很想问问他，分开后的这几年里，你生活中的雨，也下得这样大吗？

被雨淋湿的时候，你一定很冷、很痛吧。

怎么可能会不痛呢？

光是听说，她的心就已经这样痛了。

冰冷的雨点迎面扑来，“噼啪”砸落在伞面上，也砸落在阮雨声失了血色的脸颊上。叶潇睫毛颤了颤，忽然拼尽力气握紧了伞柄，把伞面努力朝他的方向倾斜，让他的头顶可以完全被遮住。

她感觉到阮雨声的脚步顿了顿。

她忽然很想开口对他说：“这次不走了，好不好？”

因为我真的会很想你。

其实在分开后的这些年里，我每一天都在想你。

这些年来，我是真的好想念你。

这些年来，我也是真的好喜欢你。

好多人说他们喜欢我，可我不喜欢他们，我喜欢的人是你。

我只喜欢你。

叶潇张了张嘴巴，轻轻地喊了一声他的名字，却还没等到开口说出下一句话，意识就开始变得不再清晰。

手上脱了力，雨伞掉进了雨幕里。在失去意识的前一秒，她好像听见阮雨声在很大声地喊她的名字。

他在喊：“叶潇！”

“叶潇，叶潇，叶潇……”

“你干吗一直念我的名字！”

“好听啊，和‘阮雨声’一样好听。”阮雨声扬扬得意道。

“自恋！”叶潇气呼呼地说，“你坐的是我的座位！”

“我知道是你的座位啊，我就是要坐你的座位！”

“有胆子你就一直坐这儿别走了！”叶潇凶巴巴地对他吼。

“我不走了。”男孩忽然收起吊儿郎当的神色，目光温柔地望向她，语气笃定地说，“我就在这儿，再也不走了。”

“潇潇，潇潇？”

叶潇正沉浸在梦境中，还没来得及对他的话做出反应，忽然被人喊醒。她睁开眼，发现自己正躺在医院的病床上，手上挂着点滴。

站在她面前喊她的人，是顾嘉南。

“阮雨声呢？”叶潇一边问她，一边要坐起来。

顾嘉南连忙走过来，帮她垫好枕头让她靠在身后。

“他应该已经在飞机上了吧。”顾嘉南说，“你忘了？他今天的飞机。”

细碎的阳光透过玻璃窗打在叶潇的侧脸上，她怔怔转头看向了窗外。淡蓝色的天空上，万里无云，恰巧有一道白色弧线缓缓划过。

这架飞机会驶过几万米的高空，驶向她再也看不到尽头的远方。

毫无察觉，一滴眼泪落了下来，顺着她的脸颊一路滑下，打湿了在了贴在她手背上的白色胶布。

“潇潇？你怎么哭了？还是难受吗？”

“嗯，”叶潇哑着声音说，“我好难受。”

“那我帮你叫医生来看看，我……”

“让我再睡一会儿吧。”叶潇吸了下鼻子，仰头含着泪说，“让我再睡一会儿，我就不难受了。”

让我再睡一会儿。

等回到了梦里，我就不会再难受了。

因为梦里的阮雨声说，他再也不会走了。

第二十二章

她好想去香港

在未来喜欢叶潇的更多人里，应该永远不会有阮雨声了吧。

高三开学后，叶潇照常学习生活，偶尔会从周围人的口中听到关于阮雨声的消息。

她知道了阮雨声就读的高中是香港 A 中，知道了阮雨声的继父是香港地区好几家知名房地产公司的股东，知道了阮雨声已经决定继续留在那边读大学。

叶潇还是习惯在去理科楼送数学作业的时候走最右侧的楼梯，也习惯在路过高三（7）班教室后门的时候下意识地朝里面看上一眼。

阮雨声的座位一直是空的，课桌被前座的男生用来放东西，偶尔会摊着几本摆放不整齐的练习册。

她好像依旧能看到他漫不经心地转着笔做题，或者懒洋洋地靠着椅背打游戏，又或者在打完球回来后边拿纸巾擦着汗边和周围的几个男生笑着闲聊……

随着高考时间的临近，全国各大高校的自主招生讯息开始在班级里传得沸沸扬扬，引起了不小的骚动。

“给，最全的一本。”顾嘉南把一本厚重的自主招生手册放在了叶潇的桌上。

叶潇随意把册子翻开，一下就翻到了中国香港自主招生院校这一页。港大，港科大，港中文……

她怔了怔，目光停驻在书页上霓虹绚烂的中国香港城市夜景图上。

“你想报中国香港的学校吗？”顾嘉南疑惑问道。

叶潇摇头，将视线从眼前的这一页挪开，若无其事地翻开了下一页。

“也不知道阮雨声在那边的小日子过得什么样。听说他这个后爸产业做得挺大，我看他也不用和咱们一样辛苦念书了，直接安心地当个富二代多好。”

叶潇笑了笑，面不改色地继续翻看眼前的册子，没接话。

每个寂静的午夜，当叶潇累得不行的时候，就会打开电脑，去搜索和中国香港的高中有关的信息。鬼使神差般，有时候，她会在谷歌搜索栏打下“阮雨声 香港 A 中”，然后按下搜索键。明知道不会搜到什么，她却还是近乎执拗地在深夜里一遍遍地去搜索。她甚至还会去翻市实验贴吧以前的帖子，把学妹们发在里面的偷拍阮雨声的照片下载下来，保存在她命名为“高考冲刺复习资料”的文件夹里。

她有时候真的很想向自己妥协，告诉自己说，要不等高考完就去找他吧。报香港的大学，去他的城市找他，把自己所有的心思都向他坦白。

既然她已经错过了香港地区学校的提前申请机会，那她就努力把高考成绩考得再高一点，报港大。

叶潇不知道自己是怎么将高三这一整年的时间熬过来的。时间仿佛被拖回到了初三那年，所有的思念和煎熬都和三年前如出一辙，好像他们之间这两年的重逢根本不曾发生过一样。

叶潇甚至在想，如果她再努力奔赴一次，哪怕依然改变不了他们之间最终的结局，至少她还可以经常见到他，让他再次出现在自己的生活里。

她控制不住自己想见他。

她根本控制不住她自己。

高考来去匆忙，像一场梦一样仓促而短暂。考试这两天一直在下雨，考完英语的时候，雨势忽然加大，雨水将叶潇座位旁边的玻璃窗冲刷得透彻清明。

市实验的校园里，同学们高亢的欢呼声和呐喊声掺杂在一起。叶潇望着窗外灰蒙的天色和淅沥的雨水，忽然在想，今天的香港也会下雨吗?

她真的好想像周围其他背着书包蹦跳着跑出考场的女孩子一样，在卸下所有重负后不管不顾地奔向他，对他说，阮雨声，我们终于自由了。

在暑假里，我们要一起去看好多好看的电影，一起去好多好玩的地方旅行。等到九月份，我们一起去大学报到，一起去坐火车去北京。

我们一起去，好不好?

考场里的考生渐渐走光，叶潇眨了眨有些酸胀的眼睛，回过神，低头去收拾桌面上的文具。

校门外，爸爸的轿车停在马路对面，她撑着伞穿过马路上了车。车厢里，妈妈坐在副驾驶低头看手机，头也没抬地冷声问她：“英语答得怎么样？”

“还行。”叶潇淡淡道。

“问什么都是还行。”妈妈语气不满，扭头嘱咐她，“一会儿吃饭的时候他们问起来，你就说你答得特别好，上北大没问题，知道吗？”

“去哪儿吃饭？不回家吗？”叶潇问。

“你姥爷在酒店订了包厢，说庆祝你高考结束，顺便一家人商量商量你报志愿的事。”

叶潇沉默，没再说话。

车子飞快驶过马路，叶潇侧头看向窗外，细密的雨线遮挡了路灯光束，倒退的街景在她的视野里模糊失真。

到达酒店后，叶潇跟在爸妈身后走进了包厢门，看见一家人早已在圆桌前整齐坐好。

“潇潇回来啦。”小姨热情地和她打招呼。

叶潇对小姨笑了笑，随后跟其他几位长辈分别打了招呼。

饭桌上，叶潇埋头吃菜，听着各位长辈在酒杯碰撞声中高谈阔论，商量着她应该报哪所学校、选什么专业。

明明要去读大学的是她，在话题里完全插不上话的人也变成了她。

“就去北京，北大或者清华，要是分数够，我还是想让她学金融。”妈妈说。

“我觉得还是得听听孩子自己的意见，”小姨夫说，“去南方发展也挺好，孩子都在北方待十多年了，也该去远处闯一闯了。”

“是啊。”小姨附和道，“我们俩早就和小风说了，等明年报志愿，他爱去哪儿去哪儿。我俩还挺想让他去南方闯的，但他也奇怪，一个理科生，非要考北大。”

“小风毕竟是男孩，去多远的地方闯你俩都不用担心。潇潇不行，她要是离家太远了，我们俩不放心。”

叶潇沉默地吃着饭，一句话都没说。

饭局结束已经将近晚上十点，回到家洗漱完毕后，叶潇带着一身的疲惫爬上了床。紧绷许久的神经终于得以松懈，她却忽然间没了睡意。

她好想去中国香港。

中国香港离北京太远了。

他的生活离她太远了。

考试结束一周后开始估分报志愿，叶潇连续失眠了一周。她发挥稳定，估算出来的总成绩比北大历年的最低分数线高出了几十分。

客厅里，爸妈兴致勃勃地讨论着她应该选哪个专业，叶潇沉默地坐在一旁，忽然开口说：“我不想去北大了。”

“你突然发什么神经？”妈妈冲她喊。

“你不是一直想考北大吗？莫名其妙想什么呢？北大不去就去清华，北京离家这么近，来回路上多方便啊。”

“怎么，难不成你还真想飞去南方？去中国香港啊？”妈妈问。

“去中国香港不行吗？”她忽然抬头问。

爸妈都愣住了。

距离提交志愿表还有一周的时间，剩下的几天里，叶潇在家里一直不怎么说话。爸妈也不搭理她，若无其事地继续讨论选专业的问题，完全无视她的存在。她在家里待得憋闷，索性拿着几本闲书每天往“遇见”奶茶店跑，有时候在奶茶店里一坐就是一整天。

叶潇没有想到自己会在这家奶茶店里偶遇黄伊澄。

“你哪天的机票飞中国香港啊？”一个女生挽着黄伊澄胳膊，边推门进来边说。

“后天。”

“我真是服了，明明九月份开学就能见面，你连一个假期的时间都等不了。”

“我都等了他一年了！”黄伊澄说，“我快想死他了！

“不去中国香港读大学我真的会疯。”

“行了行了，有点出息！”

两人在门口吧台点单，买完奶茶就拎着袋子离开了，没有看到坐在里面的叶潇。

叶潇坐在座位上，望着黄伊澄转身离开的背影出了神。

对于黄伊澄来说，去香港似乎是一件再轻而易举不过的事。可对于她来说，去中国香港却变成了一件几乎不可能实现的事。

她又何必要去呢?

既然黄伊澄也要去，既然阮雨声本来也喜欢黄伊澄，他们彼此之间的奔赴与重逢，她又为什么要掺和进去?

本来，自始至终都不过只是她自己的一厢情愿。

本来，阮雨声就从来都不喜欢她。

叶潇没坐多久就回了家，刚进门就听见妈妈说：“你堂弟来咱家了，我让他在你房间玩呢！”

她忽然有种极为不好的预感，匆忙冲进房间，看到堂弟正趴在她的床上，手里摆弄着她藏在床底下的那个小盒子。

盒子里，阮雨声送给她的两幅画被撕成了碎片，碎片上布满了乱七八糟的黑色记号笔痕迹。

“谁让你动我东西的！”叶潇猛地从他手里把盒子抢了过来，看到盒子里的一片狼藉，眼泪一下就涌了出来。

堂弟震耳的哭号声瞬间响了起来。

“叶潇！”妈妈听见动静后从门外闯进来，看了眼坐在地上号啕大哭的堂弟，厉声问叶潇，“怎么回事？”

“她欺负我！她打我！”堂弟大声喊道。

“你打他干吗？”妈妈问。

叶潇忍着鼻酸，抬头冷冷地问：“你凭什么让他进我房间？”

“凭什么？凭我是你妈！”

叶潇红着眼睛瞪着妈妈，眼泪不断地滚落下来。

“你瞪谁呢？”妈妈气急败坏，伸手去抢她手里的盒子，“我非得看看是什么宝贝能让你这么和我对着干！”

“你别碰！”叶潇把盒子搂在怀里，冲妈妈大声吼道。

妈妈气得不行，伸手狠狠地打了她一巴掌。

妈妈的力气很大，叶潇的半边脸疼得发麻，迅速肿了起来。

妈妈愣住了，站在原地晃了神。叶潇抱着盒子跑出了房门，拿起挂在门口墙壁上的背包把盒子装了进去，然后推门跑了出去。

叶潇也不知道自己要跑去哪儿。

她要去哪儿呢？

她的人生，从来都是无处可去。

她在街道上边走边哭，不知道自己究竟走了多久。在穿过一条马路的时候，有辆摩托车从转弯处冲了过来，她避闪不及，突然被人猛地扯了下胳膊。

叶潇茫然扭头，看见了出现在自己面前的洛一川。因为刚刚帮自己挡了一下，他的胳膊有点擦伤。

“你没事吧？”叶潇焦急问，又想到自己满面泪痕的狼狈样子，连忙埋下了头。

“我没事，你……”

几个熟悉的同学也跟在洛一川身后跑了过来，和他们一起的，还有叶风。

“可算找到你了！”叶风跑到她面前来，“不是，你都多大了还玩离家出走？我真是服……”

叶风话还没说完，忽然被叶潇紧紧地抓住了胳膊。

叶潇低着头不吭声，狼狈的样子像是一种无声的求救。

“那个，”叶风看懂了她的意思，转头对洛一川说，“没事，你们先回去吧，我在这儿陪她就行。”

洛一川和叶风对了下眼神，马上回头说：“咱们先走吧。”

“你到底怎么了？”人群散去后，叶风急切地问道。

叶潇松开手，用手背抹了下挂在脸上的鼻涕和泪痕。叶风在身上摸出包纸，从里面抽出一张递给了她。

叶潇擦完了眼泪，只说是因为报志愿的事和妈妈吵起来了，没有提那个盒子，更没有提阮雨声。

叶潇坐在路边的长椅上，看叶风皱着眉头给她小姨打电话。

“妈，你和我二姨好好聊聊不行吗？有动不动就动手打人的吗？

“今晚让我姐去咱家住。

“行，我知道，我带着钱呢。”

叶风挂了电话，说：“今晚你别回家了，去我家住。

“待会儿路过药店给你买个冰袋敷一下脸，都肿成这样了，真不知道得使多大劲。

“你那个堂弟是不是总欺负你？等哪天我非得好好教训他一顿，让他长点记性。”

“叶风。”叶潇忽然开口说，“我真羡慕你。”

“羡慕我什么？”

羡慕你永远简单直白，有什么说什么，从来不会把任何情绪感受压抑在心里。

所以你永远都不会懂，暗恋一个人很久很久，这种感觉究竟会有痛。

叶潇只是轻扯了下唇角，没有回答他。

盛夏静谧的深夜里，蝉鸣声绵绵不断，闷热的晚风夹杂着湿意从窗外涌入。叶潇躺在小姨家书房的单人床上，房间里没装空调，小姨坐在床边陪她聊天，晃着手里的扇子给她扇风。

“其实你妈妈是爱你的，只是她用错了方法，也改不了她那个性格。”

“她不喜欢我，她看我哪里都不顺眼。”叶潇说，“小姨，没有人会喜欢真正的叶潇的。”

“怎么会？有很多人喜欢潇潇。

“你看你弟弟，不管平时你俩怎么吵怎么闹，关键时候他还是心疼你的，不然也不会让我去找你妈妈聊，还一定要你今晚来这儿住。

“我也喜欢潇潇。

“未来还会有更多的人喜欢我们潇潇的。

“等潇潇读了大学，就会遇到一个非常喜欢潇潇，潇潇也非常喜欢的男孩子。”小姨慢悠悠地说着，一下一下轻拍她的肩膀哄她入睡。

叶潇缓缓闭上了眼睛，鼻腔酸涩，有眼泪不断从她的眼角渗出来，洇湿了枕巾。

在未来喜欢叶潇的更多人里，应该永远不会有阮雨声了吧。

而她又能遇见谁呢?

无论她遇见谁，那个人都再也不会是阮雨声了。

第二十三章

我们说好不分离

“我们说好不分离，要一直一直在一起。现在我想问问你，是否只是童言无忌。”

一整个暑假的时间里，叶潇一直待在家里没怎么出门。

县里难得出了一个北大生，街道上好多地方都挂上了飘扬的红幅，上面写着“恭祝我县叶潇同学成功被北京大学录取”一行大字。

自从假期开始，爸妈总是能接到一个又一个亲戚或同事的电话，对方的来电意图都不外乎是希望叶潇可以在暑假里帮自己的孩子辅导一下功课。

叶潇没有拒绝，答应了在家给学弟学妹们补习。

叶风偶尔会来她家，在书房里写作业或者在客厅里打游戏，每次来的时候都会给她带一些平时妈妈不让她吃的零食。

七月末的某个下午，一个成绩很好的学妹来找她补习文综。她对这个学妹的印象有些特别，原因在于这个学妹的名字经常能在叶风的口中被听到。

“她叫林絮，我初中隔壁班的。”

“林絮也来市实验了，在高一（3）班。”

“林絮和你一样也学文，也在十六班。”

叶风每次和她提起这个学妹，脸上都是一副极其嘚瑟炫耀的表情。好像当这个学妹受到别人的认可和夸奖时，他比人家自己还要高兴。

叶潇也不知道叶风是怎么养成的这个奇怪的毛病。

不过人家学妹显然对他没什么特殊看法。因为当叶潇对她说“叶风经常提起你的时候”，她并没有表现出开心或惊讶，而是几乎没什么反应。

叶潇没来由地对林絮有很强烈的好感和亲近感，或许是因为她发现她们在某些地方特别相似。

想要什么就自己去争取，不会抱怨，也不会去问“凭什么自己要付出更多”，就只是闷头拼命。

在给林絮画完文综课本的学习重点之后，叶潇忽然想和她聊一会儿天。

她问林絮：“你有喜欢的人吗？”

林絮点了点头。

叶潇有些好奇，但出于对林絮的尊重，她没有再追问。

几乎是出于本能，叶潇对林絮说：“我也有。”

生平第一次，她用这样的方式，把自己的秘密交付给了一个不太熟悉的学妹。也是生平第一次，她尝试着向一个人去描述阮雨声。

阮雨声，究竟是个什么样的人呢？

她忽然不知道该怎么去形容他。

他长得很帅，学习成绩也很好，性格吊儿郎当，随性自在，有时候喜欢欠欠地去管闲事，偶尔又特别细心温柔。他生气的时候会发脾气，可又懂得退步，从不和人斤斤计较。他总是懒洋洋的，却偏偏能把任何事情都做得很好，和他在一起的时候，她会觉得特别轻松自由。

她在心里用了这么多话来形容他，却没办法将这些话全部说给林絮听。总结起来，她喜欢阮雨声，大概是因为阮雨声很特别。

很特别，无法被归类和复刻，是这个世界上独一无二的存在。

可阮雨声不喜欢叶潇。

好多人喜欢叶潇，十个男生里有八九个都会喜欢叶潇的。

偏偏只有阮雨声不喜欢叶潇。

偏偏叶潇只喜欢阮雨声。

初秋九月，叶潇拖着行李箱来到了火车站，独自坐动车去学校报到。

检票队伍里，一对对大学生情侣相互依偎，计划着到站之后要去哪里玩，是先回学校放行李还是干脆拖着行李直接去吃饭看电影。

叶潇看着他们出神，一个站在旁边队伍的男生忽然朝她走过来，晃了晃手里的手机问："美女，方便加个微信吗？"

叶潇摇了下头："抱歉，不太方便。"

男生又问了她几次，见她实在没什么意愿，只好作罢。

叶潇低头刷手机，点开了微信界面想去看新生班级群的消息，视线忽然停留在右上角的加号上，点进去按了下"添加朋友"键，鬼使神差地输入了一串 QQ 号码。

暑假的时候，有一次叶风在她家玩电脑，登录 QQ 忘了下线，QQ 通讯列表正好被她看到，第一个联系人的昵称就是"R"。

好像只是看了一遍，她就把他的 QQ 号记了下来。

输入完 QQ 号后，叶潇按下了搜索键，一个关联的微信号竟然真的弹了出来，昵称同样是 R，地区显示的是中国香港。

下方有一个按键——添加到通讯录。

叶潇不知道自己究竟盯着这个按键看了多久，直到工作人员开始组织大家有序排队准备检票，她才按了下退回键，退出微信后按熄了手机屏幕。

为什么陌生人之间都可以大方坦荡地互加微信，她却连按下一个自己认识了七年的男生的好友添加键都做不到？

叶潇上车后，按照车票上的座位号找到了自己的位置，正好是车厢第一排靠窗的座位。她把行李箱放在车厢一端的行李架上，然后在自己的座位上坐下，掏出手机插上了耳机。

她正打算放首歌听，就看到一个女生拎着手提包坐在了她身边的座位上。女生在看了她一眼之后，热情地对她挥了挥手。

女生看着有些面熟，叶潇却一下想不起她的名字。

“你不记得我了吗？潇潇？”

“咱俩小学同学！我叫孙含笑！”

叶潇这才反应过来，朝她笑了笑，问：“你也去北京上学吗？”

“我不去北京，我去中国香港。”

叶潇表情怔了怔。

“我开学晚，我男朋友放假一直在北京打工。我先去北京找我男朋友，然后和他一起从北京飞那边。

“听说阮雨声也在那边读大学，港科大，真牛。对了，听说你俩一个高中的？”

叶潇点了点头。

“毕业之后我就没见过他了，他现在长什么样了？你有他微信吗？把他朋友圈给我看看呗！”

“没有。”

“你俩现在不联系了？”孙含笑惊讶问道。

叶潇“嗯”了一声。

“我还记得小学的时候，你俩整天黏在一起玩。不管你怎么嫌弃他，他都一定要追在你身后，像个尾巴一样。

“现在想想，真是过去太久了。

“你们俩现在一个往北，一个往南，北京和中国香港离那么远，以后应该不会再有什么交集了。

“潇潇，你上大学之后赶紧谈个恋爱，我真的特别期待你会找一个什么样的男朋友。”

叶潇疲于应对，索性撒谎说：“我有点困，想睡一会儿。”

“嗯嗯，你睡你睡！”孙含笑的手机提示音正好响了一下，她垂下头，“噼啪”敲打着手机按键，边敲边抿着唇笑。

叶潇缓缓闭上眼睛，随便点开了歌曲推荐列表里的一首歌，把头轻轻地靠在了身侧冰凉的车壁上。车窗外的风景飞速倒退，列车载着她一路驶向远方。

“风吹雨成花，时间追不上白马。你年少掌心的梦话，依然紧握着吗？”

“我们说好不分离，要一直一直在一起。现在我想问问你，是否只是童言无忌。”

年幼时，在那条雨巷里，我们也曾约定好永不分离。

可惜长大后的我们，终究还是走散了。

阮雨声，你在那边过得好吗？

现在的你，正在做什么呢？

是正坐在教室里听课，还是正待在宿舍里和室友组队打游戏？又或是，正在和黄伊澄在一起，和她一起去做各种各样的事情？

希望你在那边的生活一切都好。而我，也要去迎接属于自己的新生活了。

未来，我们应该不会再见面了吧。

那就祝你，岁岁平安，事事如愿。

第二十四章

放过自己吧

“放过自己吧，叶潇。你和阮雨声，你们之间真的几乎没可能了。”

火车到站后，叶潇乘地铁来到了学校，按照校园里的路标去找宿舍楼的位置。

九月的北京气温仍旧很高，炽烈的阳光透过树叶缝隙倾泻下来，晃得叶潇睁不开眼。她有点迷路，在一条林荫路的转角处，正巧撞上一个穿着迎新志愿者服装的学长。

“31 楼……你是哪个院的？”程以航一边带路一边问她。

“法学院。”叶潇说。

“巧了，”程以航笑着说，“我也是法学院的，今年大二。”

“学长好。”叶潇礼貌地问了声好。

“你自己一个人来的？”

“嗯，家离得比较近。”

“你家是哪里的？河北？辽宁？”

“辽宁。”叶潇笑了。

“其实看见你第一眼，我还真不敢猜你是东北的。不过刚刚看到你单手拎箱子的样子，我又有点敢猜了。”程以航开玩笑说，“没想到你力气还挺大。”

叶潇笑了笑，脑海中忽然浮现出一个小男孩欠兮兮的样子。

“叶潇，你怎么难受的时候力气还这么大啊？”

“我哪敢笑话你，就你这么大的力气，我怕你会打死我。”

叶潇晃神，唇角无意识地弯了弯。

“学妹？”程以航问，“你叫什么名字啊？”

“叶潇。”叶潇说，“‘叶’是叶子的‘叶’，‘潇’是……”

潇潇雨声的“潇”。

叶潇顿了顿：“潇湘的‘潇’。”

“我叫程以航。”程以航大方说，“可以的‘以’，航行的‘航’。”

“要不我们先加个微信？我是院学生会生活部的部长，负责解决你们这届新生的生活问题，你遇到什么困难可以随时发消息问我。”程以航笑着说。

“好，我扫你吧，学长。”叶潇掏出手机，加上了程以航的微信。

叶潇的宿舍是四人寝，因为有两个女生是北京本地人，不在宿舍住，所以宿舍里只剩下叶潇和另一个室友。室友也是北方女孩，名字叫沈之涵。

开学当晚的宿舍夜谈会上，两人不知不觉间聊到了对方的情感问题。

“一共谈过几段，女神，老实交代。”

叶潇笑：“没谈过。”

“不可能吧，连初恋都没有？”

“初恋……暗恋算吗？”叶潇问。

“你？暗恋？什么样的男生能让你暗恋啊？”

叶潇沉默，一时不知该怎么回答。淡黄的月光如同一缕薄纱，从窗外轻轻垂落下来，落进了她的眼睛里。

“他现在在哪儿？也在北京上学吗？”

“没有，在中国香港。

“他高二那年就搬家去那边了。”叶潇独自望着冰凉月色，淡淡回答说。

沈之涵若有所思：“那还是算了吧，离你太远，你还是在咱们学校谈一个吧。我和我男朋友刚分手，因为我不想异地，所以报志愿的时候我俩大吵了一架。这下是不用异地了，直接分手了。”

“咱俩一起开始新生活，一定要在大学谈一场恋爱！”沈之涵忽然激动起来，拿起手机点开了微信，“让我帮你看看咱们院有哪些优质的男生……

“欸！你觉得程学长怎么样？我听说他没有女朋友！”

叶潇笑了，收回了落在窗上的目光：“有点困了，咱们睡觉吧。”

叶潇发现开学以来，自己和程以航好像陷入了某种缘分的怪圈。在这样漫无边际的校园里，她几乎每天都能遇见程以航。

中午在食堂窗口买饭的队伍里，晚上从教学楼下自习回宿舍的路上，他们总是能偶遇。

她去递交学生会报名表那天，明明她要报名的是宣传部，生活部的部长程以航却坐在了宣传部长的座位上。

“怎么是你啊学长？我排错队了吗？”叶潇连忙低头去看摆放在桌子上的名牌卡。

“没有，今天宣传部的两个部长都有事，我来代个班。

“行，报名表放在这儿就行，回去等面试通知吧。

“欢迎加入学生会。”

叶潇最后还是被调剂到了生活部，成为其中的一名干事。叶潇对待学生工作十分认真，几场活动办下来，她的工作能力得到了程以航和其他同事的一致认可。部门里的同事们很喜欢牵线起哄，他们说叶潇和程以航从长相到能力都是天生一对。

大一学期末，程以航当选了院学生会主席，刚上任就给大家组织了一次集体的户外团建活动。

外出做任务时，叶潇背着装满活动用品的背包，程以航直接把她的背包抢过去背在了自己身上。

晚上在饭店聚餐，叶潇不能吃辣，摆在她面前的菜却凑巧都是带辣的，坐在叶潇对面的程以航主动和她换了位置。

玩“真心话大冒险”的惩罚游戏，不想说真心话的叶潇选择了“大冒险”，任务是背着指定的男生绕着所在的地方走一圈。大家故意起哄要叶潇背程以航，程以航却主动要求自己来背叶潇。

趴在程以航背上的时候，叶潇陷入恍惚，回忆起了高二那年背着过敏发烧的她在大雨里一路飞奔的阮雨声。

阮雨声每次背她的时候都要逗她，威胁她说自己要松手，可偏偏手上的力道却紧得要命。

可他手上的力道紧，又能代表什么呢？

什么都代表不了。

从饭店回宿舍的路上，路灯点亮漆黑天幕，将整座校园的轮廓淡淡笼罩。

沈之涵忽然扭头问她：“潇潇，你到底喜不喜欢程学长？”

“嗯？”叶潇一蒙。

“你不会看不出来他喜欢你吧？他要是不喜欢你，干吗对你这么好？”沈之涵说。

“他人本来就挺好的。”叶潇说。

“今天做任务的时候他帮你背包了，我也背着包呢，他怎么不帮我背？晚上吃饭的时候我就坐在你旁边，我也不能吃辣，他怎么偏偏和你换位置，不和我换？而且他应该不是第一次玩这种游戏吧，为什么偏偏背你的时候表情这么不自然甚至还有点紧张？

“所以潇潇，你到底喜不喜欢他？”

喜欢他吗？

好像真的谈不上喜欢。

程以航很温柔，阮雨声就不会像他这么温柔。但阮雨声也从来不会对她发脾气，她一生气他就道歉，不管做没做错都主动道歉。

程以航很稳重，为人处世四平八稳，从来不做自己没有把握的事。阮雨声却是个莽撞鬼，脑袋一热就往前冲，从来不计较对错，也不担心后果。但即便如此，他好像也并没有捅过什么娄子，反而把每件事情都做得很好。

程以航的脸型偏圆，长相很温暖，看着没那么瘦，很能给人安全感。可阮雨声的五官却是俊秀里带着棱角，只有笑起来的时候才会让人感觉特别温暖。但他也很喜欢笑。阮雨声很瘦，却一样可以给人安全感，打架也特别能打。

她不喜欢程以航吧，他哪里都不像阮雨声。

“潇潇，你不会还在想你暗恋的那个人吧？”沈之涵惊讶问道。

叶潇沉默，没有说话。

“放过自己吧，潇潇，他不值得，而且你们之间真的几乎没可能了。看一看眼前的人吧，好吗？程学长他真的很好，对你也很好。”

是啊，放过自己吧，叶潇在心里告诉自己说。

你和阮雨声，你们之间真的几乎没可能了。

第二十五章

没赶上的列车

这已经是下一趟的列车了，可她还是没有赶上。

大二上学期开学，程以航正式向叶潇表白。

叶潇问：“我们可以先相处着试一下吗？”

我想努力去试一下，试一下自己能不能重新去接受和喜欢一个新的人。

程以航答应了她。

周末的时候，程以航约她去外面吃饭。他问她有没有什么喜欢的菜系，然后听她说，港菜吧。

叶潇其实并没有没吃过港菜。

只是前段时间她看到在上海读大学的叶风在微博上晒了一张自己和几个朋友在一家港式茶餐厅里的聚餐照片，阮雨声给他评论说：“来找我啊，带你尝尝正宗的港菜。”

不知道从什么时候起，叶潇变得不再满足于只是偷看阮雨声和黄伊澄的微博，开始从他互关好友的点赞和评论区里寻找关于他的蛛丝马迹。她几乎从来不和叶风在微博互动，却会给他评论过的叶风的微博点赞。明知方式幼稚，她却还是一次次地以此去建立和他的某种连接，刷一些微不足道的存在感。

程以航带她来到一家小众的茶餐厅，点了很多在菜谱上重点标出的招牌菜。

老板娘是中国香港人，她在和其他顾客聊天的过程中说，自己的店以前开在中国香港的一个中学附近，香港 A 中。

几乎全 A 中的学生都来她的店里吃过饭。

叶潇握着筷子的手指轻轻地颤了颤。

那天她不是很饿，却把点过的菜全部都吃光了。程以航没吃多少，一直在和她聊天，可他究竟说了些什么，她听完就差不多都忘记了。

那天她只记得老板娘说，吃过她家的菜，也算是到过一回中国香港了。

一整个学期的时间，在忙着上课和处理学生工作之余，叶潇和程以航偶尔一起吃饭聊天，偶尔一起去校外逛一逛。他们始终保持着安全距离，聊一些学习和生活中的寻常话题。学生会的人有一次在食堂撞见他们一起吃饭，以为他们已经谈起了恋爱。

算恋爱吗？

真正在恋爱的两个人，怎么可能连手都没牵过？她知道这样对程以航很不公平，也努力地劝自己主动往前迈一步。可每次都失败，每次都在心底对程以航感到抱歉，每次都对自己说，下次吧，再给我一点时间。

程以航本就性格温柔，对她更像是有用不完的耐心一样。但叶潇知道，再多的耐心也会有被耗尽的那一天。

大二下学期，考完最后一门课的晚上，叶潇和程以航一起去看了一部喜剧电影的首映。经历了疲惫的期末考试周，她难得放松下来，忽然被一句电影台词逗笑了，主动扯了扯他的袖子，无意识地把脸挨得离他近了些，弯着眼睛问他是不是很好笑。

程以航静静地看着她不说话，忽然倾身朝她凑了过来。

她感受到了他在试探她。

她知道他想吻她。

然而她的身体却仿佛本能般地躲开了。她坐得僵直，心里却还是不舒服，拿起包猛地起身，说了句“我先走了”就离开了座位。

程以航没有站起来追她，也没有开口挽留她。

她脚步飞快，走出电影院后便踏上了地铁扶梯，熟练地过安检，刷卡，把自己融进行色匆匆的人群里，和他们一起挤进了地铁车厢。

上大学两年来，她几乎把北京各个线路的地铁都坐过了一遍。她在地铁车厢里见到过各式各样的人，可她知道，这些人里永远不会有阮雨声。

这样大的北京，什么都有的北京，唯独没有阮雨声。

其实刚上大学没多久，她就通过叶风的微博找到了阮雨声的微博。

然后，她通过阮雨声的微博，找到了黄伊澄的微博。

黄伊澄倒是很少会在微博里秀恩爱。

她没见过他们俩的合照，更多的是黄伊澄自己发的日常小作文，开场白仍然是我哥哥怎样怎样。

直到半年前，黄伊澄在微博晒出了一张她和另一个男生的亲密合照，文案是“官宣”。

叶潇看到这条微博时，说不上来心里是什么感觉。

她又重新回去看阮雨声的微博，他的微博里依旧只有几张风景照和自己打篮球的照片，没有任何异常。

他们有没有分手，和她有什么关系呢？

她告诉自己说。

但其实是有关系的。

比如现在，从电影院里落荒而逃的叶潇，在地铁车厢里莫名难过的叶潇，忽然好想念阮雨声。

既然她根本接受不了别人，既然她连程以航这么好的人都还是接受不了，那她可不可以去找阮雨声？

叶潇觉得自己一定是疯了。

回到宿舍后，她躺在床上翻来覆去地睡不着，就这样从深夜折腾到第二天的天亮。

沈之涵在考完试后就收拾行李回家了，叶潇心里憋闷得不行，忽然很想找一个人说说话。

找一个人，和他说一说阮雨声。

凌晨五点的时候，她摸出手机，犹豫了一会儿后，拨通了叶风的手机号码。

“这么早，有事？”叶风的声音里带着沙哑的睡意。

“你还没起吗？”

“……这才五点。”

叶风问：“这么早找我，什么事啊？”

叶潇忽然不知道该怎么开口。

该怎么开口呢？告诉叶风她喜欢阮雨声，让叶风帮她一下吗？

她到底还是开不了口。

“没事，你接着睡吧。”

“……”

叶潇挂断了电话，想了想，又给顾嘉南发了条微信消息。

“起床了吗？”

叶潇刚发完消息，语音通话的提示音就响了起来。

“我晨跑呢，你是刚起还是没睡？又失眠了？”顾嘉南的声音带着短促的喘气声。

“嗯，又失眠了。”叶潇说。

“要不你喝点中药调理一下身体吧。褪黑素你那儿还有吗？用不用我给你寄两瓶过去？”

“嘉南。”

“怎么了？”

“我之前不是和你说过，我们院的一个学长向我表白了吗？”

“嗯，你不是说试试看吗？”

“试了，没成功。我发现我这个人，好像根本没办法喜欢上一个人。”

“你这就是没喜欢过人，不知道喜欢人是什么感觉。”

“其实也没什么人喜欢过我。”

“你说什么呢？”顾嘉南被她气笑了，“没有哪个男生会不喜欢你吧。”

“谁说的？”叶潇终于说出了真正想说的话，“阮雨声就不喜欢我。”

叶潇喃喃道：“他应该挺讨厌我的。”

“阮雨声？”顾嘉南皱眉，回忆了片刻说，“他没讨厌你啊。

“现在我和他是没什么联系了。不过以前，咱们上高中的时候，他从来没和我说过他讨厌你。你俩之间，应该你讨厌他多一点吧。”

“那他也不喜欢我。”叶潇又说。

“他哪敢喜欢你？你每次看见他都和看见仇人似的，我要是他，我也不敢。”

“那你觉得……”

那你觉得如果我主动一次，他有可能会喜欢上我吗?

“觉得什么？”顾嘉南疑惑。

“没什么。”

“你别瞎想了潇潇，你的那个什么学长，人真挺好的。慢慢来，爱情嘛，刚开始接触的时候谁都不太明白。”

“嗯，我知道了。谢谢你，嘉南。”

“行，那你赶紧起床去吃点东西。”

叶潇挂断了电话，继续躺在床上，脑海中只有一个念头，如果她主动一次呢?

她想主动去找他一次。

去找他，去见他，不要自尊，不怕丢脸，把自己藏匿多年的秘密全部都向他坦白。

她要告诉阮雨声，我从来都不是真的讨厌你，相反，我喜欢你，一直都很喜欢你。

我只喜欢你。

她要告诉阮雨声，高中的时候我不是故意不理你的，我不和你说话，说讨厌你，是因为你和黄伊澄在一起。

我很难过，特别特别难过，所以才故意那样对你。

她要告诉阮雨声，我拼命考市实验是因为想见你，我不拒绝洛一川找我见面是因为想见你，我每次去送作业都路过你们班门口还是因为想见你。我甚至想去中国香港读大学，只是因为我怕我再也见不到你。

她要告诉阮雨声，我逃掉考试去教训陆泽远，在酒吧后街冲上去替你挡啤酒瓶，都是因为我喜欢你。我想让你知道，我不是那个只会依赖你、只会对你发脾气的叶潇，我也可以在你受伤时保护你。

她要告诉阮雨声，分别后的这些年里，我真的好想念你。

所以，阮雨声，你会喜欢我吗?

你还会像十二岁那年一样，对我说，未来我们永远在一起吗?

你还会像当年一样，没有底线地包容这个凶巴巴的并不完美的叶潇吗?

无数个问题洪水般在叶潇的心里倾泻而出，泛滥成灾。她一刻都等待不了。

她已经等了太久太久了。

等待到压抑多年的情感变成了一座火山，在程以航尝试着和她亲吻的瞬间迅猛强烈地爆发了出来。

她终于无法继续用“开始新生活”的说法自欺欺人，因为她根本接受不了和任何人谈恋爱。

因为她还是只喜欢阮雨声。

任何人都不是阮雨声。

她摸出手机点进微博，再一次点开了经常访问里他的头像，忽然看到昨晚他在评论区里说现在自己在上海，后天才回香港。

她的心脏忽然猛烈地跳个不停。

她几乎是抖着手打开了手机软件，去查最早的北京到上海的机票。机票不够早，她又开始查高铁票。

有座位的票都卖光了，于是她买了站票。

五个小时，只不过是站五个小时而已。站完五个小时她就可以见到阮雨声了。

早上五点多，天色蒙蒙亮。

叶潇起身挑了件自己最喜欢的裙子穿上，化了精致的妆，只背了个背包便走出校门坐上了地铁。

去车站的路上，她清晰地听见了血液汩汩流过太阳穴的声音，胸腔里的一颗心脏也“怦怦”跳个不停。

好像下一秒钟她就要见到阮雨声了。

她喜欢了这么多年的阮雨声。

这一次，她不会再口是心非了。

她不会再退缩，不会再嘴硬，不会再主动推开他了。

她再也不要主动推开他了。

叶潇到达北京南站的时候，已经是早上七点多。车站里人头攒动，很多乘车检票口前面都已经排起了长队。

她找到了检票口后也排在了队伍后面，在低头刷手机的时候，下意识地又点进去了阮雨声的微博。

她忽然看到了一条他新点赞的微博，手上的动作一下僵住。

是一个女孩的微博，内容很简单，只有一张图片和一句配文。

图片是一个白衣少年站在黄浦江畔的侧影。

配文是一个简单的英文短语：my boy.

阮雨声的侧影。

我的男孩。

车站广播突然发出响声，播放开始检票的通知。她的世界却猝不及防被消了音，什么都再也听不见。

堵在她周围和身后的人群一拥而上，将她挤来挤去，一次次地撞到她的肩膀。她愣怔地站在原地，茫然地盯着手机屏幕看，像没了知觉一样，被撞疼了也一声不吭。

一滴眼泪忽然砸在手机屏幕上，将照片中少年挺拔的侧影晕染模糊，再看不清。

不知不觉间，检票已经结束了。拥挤的检票窗口一下变得空空荡荡，只剩她一个人。

她终于放下了手机，抱着膝盖缓缓蹲了下去，任眼泪连续不断地从眼眶里涌出，大颗大颗地掉落下来。

阮雨声怎么可以这么讨厌。

全世界她最讨厌的人就是阮雨声。

“怎么哭了姑娘？没赶上车啊？”一个路过的老奶奶见她这副模样，吓了一跳，走过来弯下腰安抚她，“没事，还有下一趟呢，咱们坐下一趟。”

她抬眼，满脸泪水地摇头，含混不清地哽咽说：“这已经是下一趟了。”

这已经是下一趟的列车了，可她还是没有赶上。

第二十六章

她把自己输给了阮雨声

阮雨声的婚礼日期定在了 7 月 2 日。此时的阮雨声已经结束了和别人的爱情长跑。此时的叶潇却仍旧学不会如何爱上某个别人。

那天之后，叶潇照常忙碌于学习和学生工作，没有刻意去回避程以航。

通过微博，叶潇知道了阮雨声的女朋友是他们学校人文社科学院的同届女生，名字叫许月凝。阮雨声和许月凝的微博头像躺在她经常访问的列表里，每次她都不是故意要点进去看的，只是因为一打开微博首页她就能注意到。

她甚至尝试过把微博卸载，却因为运营学校一些微博号的需要，只能再次把微博下载回来。

阮雨声的微博很少有动态，相比之下，许月凝的微博动态要更加丰富一点。

许月凝偶尔会发自拍，偶尔会发她拍的阮雨声，偶尔还会发一些她和阮雨声的微信聊天记录截图。

看到许月凝发的自拍，叶潇会仔细地观察她的长相、妆容和穿搭，透过一张张照片去猜测阮雨声喜欢的究竟是什么样的女孩。

看到许月凝发的聊天记录截图，叶潇会去揣摩阮雨声说话的内容和语气，反复去验证他发的消息是不是真的可以看出来他爱许月凝。如果可以看出来，那么他究竟有多爱。

看到许月凝拍的阮雨声，叶潇会不自觉地将照片保存下来。她在百度网盘里建了一个文件夹，里面全部都是阮雨声的照片，有市实验的学弟学妹们拍的阮雨声，也有许月凝拍的阮雨声。

日子就这样一天天过去。

许月凝偶尔会发微博发得很频繁，偶尔又会很久不发微博。许月凝偶尔会一天发好几条和阮雨声有关的微博，偶尔又会连着发了好几天的微博却一条都不提阮雨声。

当许月凝很久很久不再发和阮雨声有关的动态，也不再和阮雨声有任何微博互动的时候，叶潇会禁不住去猜想，他们最近是不是吵架了。

可惜她自己心里也清楚，一个微博能代表什么，她又看不到许月凝的微信朋友圈。或许许月凝只是把秀恩爱的阵地从微博转移到了朋友圈而已。

行为上，她能够坚定地做到不打扰，在心里，她却一直怀揣着侥幸的念头自欺欺人，这样的自己，也可以称得上磊落吗?

胆小鬼有什么资格自称磊落？连叶潇自己都鄙视她自己。

日子就这样一天天过去。

大学四年的时光飞逝而过，转眼间，他们已经大四毕业。听叶风说，阮雨声去了中国香港的一家投行工作，许月凝的工作单位是中国香港的一家出版社。

大四这一年里，叶潇通过了司法考试，拿到了律师从业资格证。经过几番简历投递和面试后，她收到了北京一家知名律所的 offer。

后来，她顺利地通过了实习期，留在了这家律所工作。

在这家律所里，她再次遇见了程以航。毕业已经一年的程以航不久前从另一家律所辞职，来到了这家律所。

没有预料之中的尴尬，程以航待她依旧温和有礼，关照有加。在程以航的帮助下，她很快熟悉了业务，渐渐地从律师助理成长为可以独当一面的年轻律师。

日子就这样一天天过去。

工作后，许月凝在微博上发动态的频率越来越低，阮雨声也一样。随着工作的忙碌，叶潇很少会再点进去他们的微博看了。

只是偶尔加班的夜晚，当她捧着热咖啡走在起风的街道上，看到有穿着西装身形瘦高挺拔的年轻男人从她身侧经过时，她会忽然晃神想起他。

如今的他们早已都变成了大人模样。

不知不觉间，他们竟然已经分别这么久了。

不知不觉间，他和另一个女孩相爱，竟然也已经相爱这么久了。

他一定不会再想起她吧?

他实在没什么理由再想起她。

一年后的某天，在办公室里翻看文件的叶潇忽然收到了一条来自叶风的微信消息。

“姐，下个月我去趟中国香港，这个月的零花钱没了，先借我点路费呗。”

“去中国香港？”叶潇问。

“我声哥结婚。”叶风回复说。

叶潇静静地盯着叶风发过来的这几个字，盯了很久很久。

聊天对话框里显示“叶风拍了拍你”。

她回过神来，第一次没和他讲条件，直接转了一笔钱过去。

“？”

“你咋了？”叶风疑惑道。

叶潇没回复他，按熄了屏幕，把手机扔到了一边。

一整天的时间里，叶潇坐在工位上，手里不停地忙碌着，脸上的神情却恍惚，明显能看出心不在焉。

阮雨声要结婚了。

回忆忽然像走马灯一样不受控制地在她眼前一幕幕重现，明明都是些那样久远的记忆，浮现出来时却偏偏清晰得仿佛在昨天。

她想起了小学六年级开学那天，他第一次以转学生的身份出现在她的生活里。班上的男生起哄喊“潇潇雨声”，他被安排在她身边的座位上，刚坐下来就兴冲冲地和她打招呼，用含着笑意的眼睛盯着她看。他说：“同学，咱俩还挺有缘分。”

童年时的叶潇，不可以吃雪糕，不可以打游戏，不可以犯错，不可以抱怨自己累。

他买雪糕给她吃，在计算机课上陪她一起打游戏，在和她跳交谊舞的时候故意出尽洋相，对她说丢脸这种事他一个人负责就行。他会因为她流鼻血而大惊小怪，会在她来月经的雨天背着她去上钢琴课，会对她说真实的叶潇其实也很可爱，会在每一个她需要他的时候陪在她身边，会包容她所有的坏脾气永远没有底线。

他说：“因为你是叶潇啊，无论你变成什么样，你都是叶潇。”

高中时的叶潇，被尤萍针对，被陆泽远纠缠，扛不住周围的声音和压力，身体不好总是生病。

他顶撞尤萍，在她生病考试时把厚重的校服压在她的肩上，在跨年夜对她说新年快乐，在她生日那天唱周杰伦的歌，在她被陆泽远纠缠时冲上来保护她，在她过敏发烧的雨夜里背着她在大雨里一路飞奔。

他问她：“你讨厌我，难过的不该是我吗？把自己弄这么难受干吗？傻不傻？”

他曾经说，他们会永远永远在一起。

可现在他要结婚了。

他早就忘记了那些出于童言无忌的承诺，她却一直固执地记得。

叶潇的眼泪“噼啪”滴落在电脑键盘上，回忆像锋利的刀片，将她的心一刀一刀地剥开，每一刀都是见血的痛。这么多年来，她终究没能喜欢上别人，她依旧还是只喜欢他。她这么喜欢他，却一直没能亲口告诉他，她究竟有多喜欢他。

可现在他要结婚了。

这天晚上，程以航打赢了个大案子，请全律所的人去吃饭唱歌。

饭桌上，同事们推杯换盏，兴高采烈地聊着天，她却格外安静，闷头拿啤酒瓶往玻璃杯里倒酒，一杯接着一杯。

好像只有成功把自己灌醉，她的大脑才能不再不受控制地去想起某个人，回忆起某些事情。

可究竟要喝多少杯才能醉？

为什么她就是喝不醉呢？

酒精似乎失了效，完全无法麻痹她的神经。她一杯接着一杯地把酒灌进肚子里，只觉得胸口越来越闷，闷得她想发泄，想爆发。

她实在闷得不行，晃晃悠悠地起身说要去洗手间，跑到酒店走廊里某个没人的地方摸出了手机，小心翼翼地，拨通了一个保存在手机里很久，却从没拨打过的电话号码。

电话里响起“嘟嘟”声，叶潇的心不受控制地狂跳起来。

“叶潇？”对面的声音传了过来。

听到他声音的那一瞬间，叶潇忽然笑了，眼泪不受控制地刷地涌了出来。

是阮雨声。

这个在对面和她说话的人，是阮雨声。

为什么这么多年过去了，连他的声音她都还是这么喜欢?

到底为什么啊?

“阮雨声。”叶潇含着泪仰了下头，声音很轻地去喊他的名字。

“你喝酒了？”阮雨声问她。

“我没喝！”叶潇的语气很凶，但忽然想到阮雨声好像不喜欢她这么凶，马上收敛了一下。

“我给你打电话，是想和你说句话。”她放软了声音，慢吞吞地说。

“嗯，你说。”

“阮雨声，你到底知不知道我……”叶潇忍着嗓音里的哽咽，话说了一半，眼泪忽然又涌了出来。

“你到底知不知道，我一直都特别讨厌你啊。”她含着眼泪笑，说话的声音断断续续。

耳边安静了片刻后，叶潇忽然听到对方无奈地轻笑了一声。

“我知道。”阮雨声说，“这话你都说多少遍了叶潇？我知道你讨厌我。”

“你知道什么啊？”叶潇急了，“你什么都不知道，你不知道我……”

“潇潇！”程以航忽然在走廊的尽头出现，一边朝她跑过来，一边大声喊她的名字。

叶潇的意识猛然间回了笼。

她泪眼蒙眬地怔怔看着眼前的手机，忽然意识到自己正在做什么，匆忙按了好几下挂断键。

你到底在做什么?

你到底在做什么啊叶潇?

你要表白吗?

他马上要结婚了啊。

你只要留住回忆里的那个阮雨声就好了，为什么要来打扰这个早就已经属于别人的阮雨声?

你为什么要来打扰他？打扰他的未婚妻?

有些话你有没有说出口，真的早就已经没有任何意义了。

灯光昏暗的 KTV 包厢里，叶潇窝在沙发角落，抱着用来解酒的牛奶静静愣神。

包厢里同事们聊得火热，有轻飘飘的歌声从身边同事的话筒里溜出来，伴着悠扬的伴奏旋律，深情缠绵，掩盖过众人的说话声，盘旋萦绕在她的耳畔。

叶潇手指抠着牛奶瓶的边缘，眼里泪意汹涌，视线一片模糊。

“小小的感动雨纷纷，小小的别扭惹疼。”

“小小的人，还不会吻。”

“我的心里从此住了一个人，曾经模样小小的我们。”

“那年你搬小小的板凳，为戏入迷我也一路跟。”

“我在找那个故事里的人，你是不能缺少的部分。”

“你在树下小小的打盹，小小的我傻傻等。”

小小的人，还不会吻。

小小的我，傻傻等。

当晚回到家后，叶潇的意识依旧有点蒙。她想去卫生间洗把脸，忽然听见手机提示音响了一下。

一个市实验的学妹给她发了个学校贴吧的帖子链接过来。

“学姐，你又火了。现在学校里好多人脑补你和阮学长，嗑你俩的 CP。”

阮学长?

她盯着手机屏幕定了下神，点开了那个帖子。

帖子里有她的照片，还有阮雨声的。

她伸出手指，轻轻地去触碰手机屏幕上阮雨声的脸颊，目光温柔地傻笑了起来。

是好看的少年。

是那个她爱了很久很久的、全世界和她最相配的少年。

她往下刷着网页，忽然看到了一条很奇怪的评论。

评论上写：“叶潇对阮雨声没有喜欢，只有讨厌。”

“这人谁啊？”叶潇皱眉。

叶潇敲了下回复键，登上账号后便噼里啪啦地打下了一行字。

“假的。再造谣让楼主拉黑。”

她把视线落到已发送的评论上，盯着看了片刻，又点开了自己账号的个人主页。

十二岁，她为了追星第一次偷偷申请了这个百度贴吧账号。

账号主页上只有一句话，是她在十二岁那年，在第一次见到阮雨声的那天写下的。

“最讨厌的人：阮雨声。”

她笑了，笑出了眼泪，重新补上了一句。

“最喜欢的人：还是阮雨声。只有阮雨声。”

叶潇发完这句话后，把手机丢到一边，迷迷糊糊地走进了卫生间。她站在盥洗台前，愣愣地去看对面墙壁上镜子中的自己。

眼前这个虽然花了妆但还是非常好看的美少女，是叶潇。

在她的记忆里，有好多好多个叶潇。

十二岁和阮雨声初见，听他对自己说他们之间很有缘分的叶潇。在校园里开心地咬着阮雨声给她买的雪糕的叶潇。抹着鼻涕和阮雨声发脾气哭诉的叶潇。趴在阮雨声的背上，听他说他们永远不分离的叶潇。

十三岁找不到阮雨声，崴着脚在博物馆的大厅里大哭的叶潇。在奶茶店里捧着绿茶杯子下定决心要考市实验的叶潇。

十六岁终于拼命考上市实验的叶潇。对所有人说自己讨厌阮雨声的叶潇。把滚烫的额头靠在阮雨声映在墙壁的影子上舍不得离开的叶潇。对着烟花许愿说新的一年不要再喜欢阮雨声的叶潇。

十七岁对阮雨声说我们不是朋友的叶潇。逃掉考试拼了命去保护阮雨声的叶潇。被阮雨声背着在大雨里狂奔，希望雨不会停、天不会亮的叶潇。

十八岁想要放弃北大去香港找阮雨声的叶潇。抱着被涂乱撕碎的画在大街上边走边哭的叶潇。

二十岁尝试去和别人谈恋爱却最终失败的叶潇。买了去上海的火车站票准备和阮雨声摊牌的叶潇。在火车站里得知阮雨声交了女朋友的叶潇。

二十七岁听说阮雨结婚消息的叶潇。

她没办法拼凑出一个完整的阮雨声，却拼凑出了一个完整的、喜欢阮雨声喜欢了这么多年的叶潇。

他为什么就是不肯等她呢？

她可是叶潇啊。

是那个大名鼎鼎，有很多很多人追，每天都会被情书塞满桌箱的校花叶潇啊。

这样骄傲的叶潇，为什么真正想要的东西，就是再怎么样也得不到？

阮雨声的婚礼日期定在了 7 月 2 日。

此时的阮雨声已经结束了和别人的爱情长跑。

此时的叶潇却仍旧学不会如何爱上某个别人。

这么多年，喜欢阮雨声的人一个接着一个，走了一波人后，很快又来一波。

在喜欢他这件事上，没有人比叶潇坚持得更久。

从小到大，叶潇做什么事都不会输。

叶潇永远不会输。这次也一样，她没有输给她们当中的任何人。

可阮雨声就是不喜欢她。

她一直等，一直等，也没能等到阮雨声回头看她一眼。

没输给过任何人的叶潇，终于还是把自己给输掉了。

她把自己输给了阮雨声。

第二十七章

只为等一场雨停

叶潇二十七岁那年，阮雨声结婚。没有人知道，叶潇曾经用了整整十五年的时间，只为了等一场雨停。

阮雨声婚礼这天，许月凝在直播平台上发布了他们婚礼的现场直播。生平第一次，叶潇看到阮雨声用怎样的眼神去看这个他此生挚爱的女孩，和她交换誓言，许下余生的承诺。

叶潇终究还是哭了，眼泪一滴滴砸落在手机屏幕上。视频里的男人穿着西装，她第一次看见他穿西装是什么模样。

她的脑海中忽然浮现出一个漂亮的小男孩，十二岁，白净秀气，一双大眼睛闪烁着自由明澈的光亮。那个小男孩对她很好，他给她买雪糕吃，在她哭鼻子的时候哄她，下雨天背她去上课，包容她所有的坏脾气和缺点，告诉她真实的叶潇也值得被爱，给了她无数个通往自由和快乐的出口。

那是十二岁的阮雨声。

后来小男孩不告而别，叶潇很想他，拼命地想去找他。小男孩再次出现时，十六岁，变成了一个穿着干净校服的俊朗少年。少年和另一个女孩走在一起，叶潇告诉自己不要再去靠近他，心却不听自己的使唤。他依旧最吸引她，依旧最懂她，依旧是人群之中最能够牵动她所有情绪的存在。

那是十六岁的阮雨声。

十六岁少年的身影和眼前男人的模样渐渐重合，他们彼此间缺席的岁月在他的身上留下了深深浅浅的痕迹。

这些痕迹让他的面孔看上去陌生了许多，可叶潇还是能一眼就认出他。

她望着他的背影，整整十五年的时间。

她对他的熟悉，早已融进了每一个和他有关的情绪感受里，让她刻骨铭心。

时间一分一秒地向前走，大屏幕视频里滚动播放着新郎新娘长达七年的相爱过往。

这是阮雨声和许月凝一起走过的第七年。

叶潇被阮雨声遗落在了他们初遇那年。

阮雨声婚后的第二年，叶风也要领证了，和他那个从大二那年开始交往的女朋友。叶潇见过这个女孩，女孩长得很漂亮，上进心强，性格安静温柔，名字叫楚晚。

因为出差的需要，叶风在结婚前来了趟北京。她和叶风很久没见，两人约好在他处理完业务的第二天，找个酒吧一起喝几杯。

这天叶风闷头喝酒，情绪不是很高，心事重重的样子像是在借酒浇愁。

他有什么可愁的？叶潇不明白。

“我昨天，见了一个老同学，女生。

“我长这么大，就没见过像她这么奇怪的人。

“她和我表白了，说她喜欢我，很多很多年。”

“然后呢？”叶潇问。

叶风没回答她的问题：“她说她喜欢我，但是你知道吗？我俩分开将近十年，她从来没主动联系过我。

“我连手机号都没换过，微信绑手机，QQ绑微信，她特别容易就能联系到我，可她就是不联系我，然后她和我说她喜欢我。”

叶风忽然笑了，抬头问叶潇：“你见过这样的人吗？”

叶潇仰头灌了一杯酒，在心里说，怎么会没见过，我自己不就是这样的人吗？

叶潇问：“你自己怎么不联系她？”

“我以为她讨厌我，不想再联系我，而且那时候我根本不知道她喜欢我，我以为她喜欢的是别人……”

“那你喜欢过她吗？”叶潇打断他问。

“我不知道，”叶风摇了摇头，“我忘了。”

可曾经有那么多女生向你表白过，同样说是暗恋你多年，我却从没见你因为她们喝醉过，更从没听你说过她们奇怪。

“我认识她吗？她叫……”叶潇正要问，忽然被叶风开口打断。

“林絮。”

“她叫林絮。”叶风说。

叶潇忽然回忆起了高三那年的暑假，当她问女孩有没有喜欢的人时，女孩小心翼翼点头承认的模样。

然而当时和她提起叶风，她却没什么反应，所以叶潇那时候并没有多想。

如果当时叶潇追问了一句，你喜欢的人到底是谁？是不是至少，林絮能得到一个她想要知道的答案？

可惜阴错阳差，她没能牵起他们之间缘分的引线。就像这么多年来，也没有一个人能牵起她和阮雨声之间缘分的引线一样。

胆小鬼寄希望于缘分的拯救，却终究没能等来缘分的眷顾。

人们自称是缘分的信徒，却在无缘之际仍旧放不下深埋于心中的执念。

既然明知如此，为什么就不能勇敢一点呢?

这大概就是胆小鬼的可悲和可怜。

叶潇抢过叶风手里装满酒液的玻璃杯放下，对他说："好好爱楚晚吧。"

你放下，我也放下。

我们都向前看。

程以航再次向叶潇表白，是在这一年的跨年夜里。叶潇终于肯敞开心扉，用平和的心态去接受程以航对她的好，去发现程以航身上的优点，去向程以航展示自己更加真实的一面。

那一晚，叶潇和程以航讲了很多自己的心里话。她告诉了程以航自己是在什么样的环境下长大，告诉了程以航自己的妈妈是什么样的性格，告诉了程以航自己并没有看上去那么完美体面。

程以航牵起她的手说，没关系。

没关系，我包容全部的你。

她和程以航正式谈起了恋爱。程以航经常在节假日陪她回家，每次回去都要大包小包地买上很多东西。他和她爸爸很聊得来，有很多共同话题，也总是能用温柔的性格包容和化解她妈妈的坏脾气。渐渐地，叶潇和妈妈之间的心结开始解开，四人之间的相处越来越和睦融洽，让叶潇感受到了久违的家的温馨。

叶潇二十九岁这一年，他们开始计划结婚。

所有人都说，叶潇啊，你的人生怎么可以这么圆满。

圆满吗?

永远不会有人知道，在叶潇的圆满人生里，有一个永久的缺口叫阮雨声。

那个缺口好疼好疼。

让她疼了好久好久。

叶潇和程以航去领证那天，阳光正好，晴空万里，看不见一片云。他们走出民政局时，天空忽然下起不大的太阳雨，雨水落下，听不见雨声。

叶潇只在十二岁那年听见过一场雨声。

那场雨淅淅沥沥下个不停，将她的整个青春淋个湿透。

叶潇二十七岁那年，阮雨声结婚。

没有人知道，叶潇曾经用了整整十五年的时间，只为了等一场雨停。

阮雨声番外

这场雨来得太迟，迟到了整整十五年的时间。原来他们之间的故事，本可以不在十二岁那年就讲完。

小学五年级那年，阮雨声去市里的国际酒店参加妈妈一个朋友的婚礼。那天阮雨声到得很早，大人们纷纷落座寒暄，他闲得无聊，索性一个人去一楼大厅里闲逛。

大厅里的水晶灯明亮晃眼，大理石地面光滑，有小男孩在地上玩起了滑板。

一个白裙子小女孩站在一旁哭，说小男孩抢了她的滑板，要他把滑板还给她。看样子小男孩玩的是小女孩的滑板。

“行啊，还你。”小男孩收起脸上的笑意，把滑板抱起来，却没有亲手把它交给小女孩，而是将它朝小女孩的身上用力扔了过去。

小女孩一时没反应过来，愣在了原地。阮雨声正要冲过去，就看见另一个穿粉裙子的小女孩突然出现，从旁边推了这个小女孩一把，然后，她们一起摔倒在地上。万幸的是，两个女孩都没有被砸到。

小男孩见状逃走，迅速跑出了酒店大门。

白裙子小女孩坐在地上哇哇大哭起来，相反的是，粉裙子小女孩明明看样子摔得比她更重，却一声都没吭。

“你受伤了吗？”粉裙子小女孩平静地问。

白裙子小女孩点头，给她看了看自己右手拇指指节上被擦破的地方。

“没事，姐姐这里有创可贴，贴上就好了。”粉裙子小女孩从身上摸出了一个创可贴，撕开包装纸后，把它贴在了白裙子小女孩的手指上，贴的时候还帮她轻轻吹了吹。

“谢谢姐姐。”白裙子小女孩说。

粉裙子小女孩没说话，只是淡淡笑了笑。

“你怎么跑这儿来了？”一个女人突然从包厢门里走了过来，扯过粉裙子小女孩的胳膊，“婚礼马上开始了，都在找花童呢，赶紧跟我过去！”

女人问：“腿怎么了？”

粉裙子小女孩抿着唇，摇了摇头说：“没事。”

“没事儿你不走快点！磨磨蹭蹭的！”女人扯着粉裙子小女孩胳膊的力气加大了些，小女孩咬着唇皱起了眉。

阮雨声站在台阶扶手后面，将眼前发生的一切看进了眼里。

明明一副小公主的模样，却没有像公主一样被宠坏，反而更像个灰姑娘，隐忍坚强，让人忍不住心疼。

好惨的公主，他在心里感慨。

回到婚礼现场后，阮雨声坐在圆形餐桌前，扭头去看台上。新郎新娘携手跟着音乐向前走，阮雨声的目光却落在了跟在新娘身后的粉裙子小女孩身上。小女孩目光温和，笑容得体，阮雨声莫名觉得有点刺眼，目光下移，落在了她淡粉色的裙摆上。

裙摆将她膝盖上的伤完整遮挡住，什么都看不到。可看不到，不代表不会疼。

这么疼还能笑得这么自然大方，她到底是怎么做到的？

阮雨声第二次见到这个小女孩，是在学校大屏幕播放的校园节目上。

“欸，叶潇上电视了！”

“我女神真好看！”

阮雨声这才知道，原来这个小女孩就是身边男生经常议论的，隔壁小学五年（3）班的叶潇，那个校花叶潇。

“我上次去书店看见她了，想和她说几句话，结果她特高冷，根本不搭理我。”

“那是因为你长得丑！”

“滚。”

“听说女神只学习，不看电视也不玩游戏。听她班同学说，从来没看见过她吃零食。你说女神不吃零食吃什么啊？她是不是喝露水长大的？”

阮雨声扯起唇角，无奈笑了笑。

那天的婚礼宴席上，几个大人在饭桌上闲聊，忽然有一个阿姨提了一句“这两个小花童长得可都真好看”，话题便引到了叶潇的身上。她们开始谈论起叶潇的妈妈。

“她那么要强的一个人，偏偏没她妹妹嫁得好，不过生的孩子倒是挺优秀，看这小姑娘，多漂亮多懂事。”

“再懂事不也是个姑娘吗？听说她婆家就因为她生了个姑娘，更不待见他们两口子了。”

“不过就她这个脾气，孩子也挺可怜。去年有一次，我去接我家孩子放学，买了一袋雪糕拎在手上，正好碰见她领着孩子出来，就想给孩子一支，她倒好，直接给挡回去了，说她家孩子从来不吃零食。”

“她有气也不能全撒孩子身上吧，看这姑娘的小身板，都瘦成什么样了。”

阮雨声也不知道自己为什么总是会想起婚礼那天她的样子。或许是因为那个阿姨和他的妈妈一样，脾气都不怎么好。然而不同的是，他的妈妈只是对他发脾气，却很少管他，可她却比他更可怜一点。

又或许是因为，他也经常作为一个“王子”被身边的女生这样议论。她们说喜欢他，却从来不了解真正的他。

“欸，待会儿放学还去看叶潇不？”身边一个男生问。

“去啊。”另一个男生回答，然后扭头对阮雨声说，“声哥，晚上先不和你去打游戏了，我女神在电视台有节目，我想去看看。”

“一起去吧。”阮雨声说，“一起去，看完再去打游戏。”

两个男生表情一愣，一时没反应过来。

后来，每次班上的男生去看叶潇，阮雨声都会和他们一起。

文具店里，几个女孩子认真地挑选本子和钢笔，她却把视线落在门口柜台播放着电视剧的小电视机上，出神看了很久。直到女孩子们在一旁喊她，她才回过神来，去帮她们挑本子和笔。

饰品店里，几个女孩子舔着甜筒挑选发卡和头饰，只有她空着手，认真地去帮其他女孩子选东西，什么都不吃，什么都不买。

暮色染红的林荫路上，他看见她背着书包蹲在路边喂给小狗东西吃，抬手轻轻地拍了拍小狗的头。

“姐姐的妈妈不让姐姐养小狗，所以姐姐不能带你回家了。晚上天黑也不要害怕，姐姐每天都会来陪你的。

“你不知道姐姐的妈妈多凶，比天黑还可怕。”

再后来，妈妈说让他转去隔壁小学，问他想去哪个班级。

几乎是出于本能，他说，三班吧。

新班级的同学们都非常欢迎他。女生们经常偷看他，往他的桌箱里塞信、零食和礼物。男生们都爱和他玩，很听他的话，一口一个“声哥”叫他。

所有人都很喜欢他，除了她。

他转来那天，全班同学都抬起头来，弯着眼睛冲他亲切友善地笑。只有她淡淡瞧了他一眼，然后面无表情地低下头继续去读课本。

但他却并没有因此对她印象不好，反而觉得她果然很特别、很好玩。

像是带着某种使命感来到她身边一样，他特别想对她好。十二岁的阮雨声绞尽脑汁，却最终只想出了最简单直接的方法对她好。

他买雪糕给她吃，在她妈妈面前夸奖她，在计算机课上陪她一起打游戏。因为她当卫生委员受了委屈，所以他告诉全班同学都必须听她的话。因为知道她没记住动作，所以他在和她跳交谊舞的时候故意出尽洋相，把注意力引到自己的身上。因为看出了她画的小鸟是她自己，所以他在小鸟飞翔的地方画满了鲜花。

他也很喜欢逗她，愿意惹她生气。因为她总是冷冰冰的，只有生气的时候，会瞪眼睛，会脸红，会动手打人。

他因此见到了一个更加鲜活自由、生动真实的叶潇，一个别人眼里从来没见过的叶潇。

但他偶尔也会把她弄哭。

她其实并不是一个爱哭的女孩子，因为他亲眼见到过，她和别人闹矛盾不会哭，挨了批评不会哭，摔倒受伤也不会哭。

好像只有在他面前，她才会特别爱哭，哭起来特别凶。但她也很容易被逗笑，笑起来特别好看。

有一次她终于绷不住，委屈巴巴地和他哭诉，把心里所有的埋怨委屈都说给他听。语文成绩将近满分的叶潇，哭诉起来却前言不搭后语，上一秒钟还在委屈巴巴地哭，下一秒钟又开始凶巴巴地威胁他。她说真实的叶潇很糟糕，他心想才不是。

她不会知道真实的叶潇究竟有多可爱。

这么可爱的女孩子，不应该活得这么不开心，更不应该承受这么多委屈。

这么可爱的女孩子，就应该像一个真正的公主一样，被周围所有人无条件地惯着宠着。

可周围没有人知道她的难过和委屈，她也从不肯在任何人面前展露自己最真实的样子。

后来他想，算了，她有他就够了。

反正他永远会惯着她，没有任何底线地去包容她。

谁叫她只有在自己面前才肯卸下心防，像个嚣张任性的小公主。

阮雨声一直都没能忘记小学六年级下学期的那个雨天。

那天她身体不舒服，走不动路，他背着她，送她去上钢琴课。

她趴在他的背上问他自己重不重，还特意把雨伞向他的头顶上斜了斜。

他嘴上逗她，问她自己能不能说实话，却在心里对她说，你不重的。

你不重的。

以后你难受的时候，可以一直放心地趴在我的背上。

我可以一直背着你走。

后来她又问他，未来我们不会分开的，对吗?

他说当然。

他相信，未来他们会一直去同一个地方，永远都不会分开。

小学毕业那天，有好多人给他塞了礼物。阮雨声本来没有注意大家都送了他什么，直到他看到了常馨月送给他的礼物，特意留意了一下。

他对这个女生其实并没有什么印象，只是她送给他的礼物很特别，是一张带签名的音乐专辑。阮雨声记得叶潇很喜欢周杰伦，突然很想买一张有周杰伦签名的专辑送给她。

他去常馨月的班级找她，她说专辑是在亲戚开的音像店里拿的，需要提前预订。假期她可以帮他去店里预订，等到九月份开学的时候把专辑带给他。

他很开心地向她道了谢，和她约定好九月份开学见。

他不知道叶潇那天为什么忽然和他闹脾气。

她看上去很生气，却不肯告诉他原因，在他追问她时转身就走，说什么也不肯理他。

不理他也就算了，还说把他给她的礼物给扔了，并且让他莫名其妙失去了她给自己的那份毕业礼物。

阮雨声也很生气。

他不再追着她跑，站在原地不动对她放狠话。他说，你要是不等我的话，我可就自己走了，走了就再也不回来了。

叶潇还是没有等他，自己气鼓鼓地回家了。

阮雨声想，明天他一定要去她家找她，把属于自己的那份礼物给要回来。

那可是她专门给他准备的礼物。

然而阮雨声没有预料到，那天他放的狠话竟然成真了。

很多年后，阮雨声想，那天他不该对她说那样的话的。即便只是在赌气，他也不应该对她说那样的话。

因为他不曾料想到，十二岁那年的盛夏，的的确确见证了他们俩之间一次真正意义上的分别。

未来很多年后的他们，最初就是在那条林荫路上走散的。

爸爸一直在市里做生意，很少回家。妈妈辞去了县里中学教师的工作，打算去市里一家薪资更高的私立中学任教。

其实妈妈不说他也知道，她执意要搬到市里去住，是为了去看住爸爸。妈妈和他说过，爸爸可能在外面有人了。

但即便如此，他还是坚决不肯搬走。他又喊又闹，妈妈被他气得抚着额头瞪着他说：“你要是不同意搬，就别要你这个妈，也别要你这个家了！”

小学毕业那天晚上，他被妈妈拖上了去市里的火车，连一句道别的话都没来得及和她说。

阮雨声发现，自从把家搬到市里之后，爸妈的矛盾开始变得越来越多。他们各自的工作都很忙，几乎很少回家，回了家也总是吵架，一吵就停不下来。

“你什么时候能改改你整天嬉皮笑脸的德行？”妈妈红着眼眶

瞪他，“你知不知道自己这副德行有多招人讨厌?

“你该成熟一点了，小声。”

于是阮雨声学会了收敛性子，不再嘴贫话多，不再没心没肺。

邻居家的叔叔阿姨一直在外地打工，家里常年只有一个奶奶在。奶奶人很好，和爸妈相处得也还不错。爸妈工作忙的时候，会让他自己去邻居奶奶家吃饭。

奶奶有一个小孙女，名字叫黄伊澄。

不知道为什么，在和黄伊澄的相处过程中，阮雨声总是会不自觉地想起另一个小女孩。

黄伊澄嘴甜，话很多，像个跟屁虫一样，走到哪里都非要黏着他。

她却不爱说话，什么事都憋在心里，更不会主动黏着他，反而每次都要让他追在她身后跑。不知道分开后的这段时间里，有没有人像他一样追着她，陪着她，让她能说一说心里话。

黄伊澄喜欢叫他哥哥，她却只会凶巴巴地喊他阮雨声。但他好像还挺喜欢她喊他全名的。她喊他什么名字都可以。她喊他什么名字，他就喜欢什么名字。

黄伊澄受伤时总是大惊小怪，看到很小的伤口都会大哭。可她受伤了却不会哭，平静得像个没事人一样。

分开后的这段时间里，她有再受伤吗?

好像她一直都懂得怎样去照顾自己，比如每天都随身带着创可贴。可万一哪天她没有照顾好自己怎么办? 不肯哭，不肯找别人帮忙，别人发现不了，又该怎么去帮她?

黄伊澄的父母远在外地，却有奶奶陪在身边。奶奶对她很好，她每天在充满爱的环境里长大。可她的妈妈却总是对她发脾气。她不开心的时候有再去那家奶茶店吗? 到市里后，他发了封邮件给奶茶店用来收集客人意见的邮箱，希望老板能在入冬后给每个座位都绑上一个坐垫。那家奶茶店哪里都好，就是冬天的时候椅子太冰了。她一直都很怕冰。

他忽然好想她。

好想去找她。

十一假期过后，学校组织他们去 F 县的博物馆参观。他迫切想要去找她的心情终于再也按捺不住。

那天中午他在学校操场上刚打完球，打算回家洗个澡就出发，突然收到了一条短信。短信上写：儿子，妈妈以后不能再陪着你了，你要好好照顾自己。

阮雨声大脑“嗡”的一声，一边拼命给妈妈打电话一边飞速往家跑，电话却迟迟没有人接。等他赶到家的时候，周围的邻居们对他说，妈妈已经被送去市中心医院抢救了。

他守在 ICU 门外接连好几天，直到医生通知他妈妈脱离了危险，他终于再撑不住，瘫倒在了地上。

后来妈妈说想离婚，他答应了。再后来，妈妈情绪越来越不稳，确诊了抑郁症。姥姥把妈妈接到了自己家，因为妈妈没办法继续在家里住下去。他一个人住在家里，邻居奶奶每天都会叫他去吃饭，给他做很多好吃的。他心里过意不去，所以经常让黄伊澄在学校用他的饭卡。黄伊澄依旧喜欢黏着他，每天追在他身后问他是不是不开心，告诉他不开心是可以哭出来的。

他不想哭。

他只是很想念一个人。

有几次实在想得不行的时候，他坐大巴车回到了县里，在一中附近找一个隐蔽的地方等她放学，然后远远地看上她一眼。

可他终究还是没有勇气去面对她。

如今这个样子的他，什么都给不了她。

尤其是她最渴望的快乐和自由。

时间可以让伤口慢慢愈合，之后的这两年里，他把全部精力投放在学习上，告诉自己一定要尽最大的努力让自己变得更好。

只是因为他觉得，还有她在等自己。

不可以自怨自艾，不可以悲观逃避。不然他哪里有底气重新走到她身边，重新去给她保护和陪伴。

渐渐地，他的生活状态逐渐好转，妈妈的病情也得到了控制。

中考他考了全市第二名，然后他听说，考第一名的是一个叫叶潇的女生。

教育局把录取名单贴在了大门口，他在红榜上看到了她的名字。

恍惚间，他好像又听见那声凶巴巴的“阮雨声”了。

他盯着她的名字看了很久很久，站在红榜前一直没有离开。和他一起来看榜的哥们儿调侃他自恋，考个全市第二就开始自我陶醉，连球都不去打了。他笑了笑，没去理会他们的话。后来又有人问这个叶潇是谁，一个周边县城初中的学生怎么能考这么高的分数，问阮雨声输给她心里服不服。

阮雨声没回答，目光依旧停留在她的名字上。

他在心里给出的那个答案从来没变过。如果输给了别人，他可能真的会不服。但如果输给了她，他永远心服口服。

她是他心底最骄傲的小公主。

因为她怕输，输了会哭，所以他永远都不会舍得让她输。

两个月，再过两个月，他就可以再见到她了。

再次见到，让他想念了三年漫长光阴的，他的公主陛下。

阮雨声再次见到叶潇是在开学那天中午。

食堂里，黄伊澄端着杯咖啡大声地喊他。他抬眼望过去，看到她被身边几个打闹的男生撞了一下，手里的热咖啡哗啦一下洒在了旁边那个女生的身上。

那个女生不是别人，是叶潇。

他想念了整整三年的叶潇。

阮雨声几乎是片刻不待地穿过人群冲了过去，看到她身前的校服被咖啡黏在了身上。

刚接好的咖啡，她肯定被烫得很疼。

阮雨声心里一阵烦躁，第一反应是特别想去找刚刚那几个打闹的男生算账，继而有些懊恼自己为什么要答应黄伊澄帮她买这杯咖啡。

他把身上的校服外套脱下来递给她，然后看到洛一川也跑了过来，同样把一件校服给她递了过去。

她终于肯抬起头，却没看他，而是看向了洛一川。

然后，她接过了洛一川手里的校服，转身跑出了食堂。

阮雨声呆呆愣在原地。

他好像被她当作了一个陌生人。

她不记得他了吗？真的就这么轻而易举地不记得他了吗？

他们也只是分别了三年而已。

“你俩认识？”他怔怔开口问洛一川。

“嗯，我俩暑假在一个补课班上课。”洛一川碰了碰他的胳膊，忽然说，“我喜欢她。”

阮雨声怔了下神，呼吸都慢了一拍。

“真的啊，川哥！”黄伊澄一脸兴奋，热切地说，“潇潇姐是我们班的，我帮你追她怎么样？”

洛一川笑了下，大方说：“好啊。”

阮雨声没有说话，视线仍旧落在空荡荡的食堂门口，愣愣看了很久。

“哥哥，你和潇潇姐怎么认识的啊？”黄伊澄困惑地问，将他的思绪拖了回来。

“小学同学。”阮雨声淡淡说。

“真的！这么巧吗？潇潇姐是不是在小学就有好多人追？你给我讲讲你们小时候的事吧，我好想听！”

黄伊澄喋喋不休，阮雨声却只觉得烦，一个字都不想和她多说。

“以前的事我都记不清了。”他敷衍道。

属于他们两个人之间的那些回忆，他凭什么要讲给别人听？

那是迄今为止，他心里最视若珍宝的一段回忆。

那天中午他心里不痛快，饭也没胃口吃，直接去篮球场打了两个小时的球。

等他抱着球回班的时候，忽然看见叶潇出现在他们班的门口，手里拿着洛一川给她的那件校服。

她是不记得他了吗？

洛一川高声喊了下她的名字，对她笑。她转身走过来，和洛一川说话，看都没看他一眼。

然后，她和洛一川一起往自己班的教室走。他听见洛一川很小声地问了句，你们两个之前不是认识吗？

她只是冷冷地回答了两个字。

她说，不熟。

那天晚上放学的时候，他和黄伊澄一起回家。黄伊澄忽然对他说：“哥哥，下午我和潇潇姐聊天，还聊到你了呢。”

阮雨声脚步一顿。

“我和你说一件事，你可别生气啊。

“本来我想你俩是小学同学，就想问问她你小时候什么样。但是她说，小时候的事她都不怎么记得了。

“后来有个外班的男生来给她送奶茶，我看她没有表现出很开心，几乎没什么反应。我就问她喜欢什么样的男生。”

阮雨声突然抬眼看她。

“我还问她喜不喜欢你这样的，她说不喜欢。

“但是我喜欢你呀，别人我都不喜欢，我就只喜欢你。”黄伊澄说着就要把脸往他怀里蹭。

阮雨声一下躲开，黄伊澄差点摔倒。

“你怎么这么讨厌啊！

“你是不是小时候也没少欺负潇潇姐？难怪她讨厌你，不记得你！”

阮雨声从来就没觉得黄伊澄这么招人烦过。

因为邻居奶奶对他的照顾，他一直把黄伊澄当自己的亲妹妹一样照顾和惯着。但就算是惯着自己的亲妹妹，他也不是没有底线。

黄伊澄一直追着他吵，吵得他心烦，可他却懒得去和她计较了。因为他心里有一件让他更烦的事。

他喜欢的女孩，好像连他是谁都不记得。或者是因为讨厌他，故意装作不记得。

人长大了总是会变，对人和事物的看法也会变。

阮雨声想，大概小时候的叶潇还觉得和他打打闹闹挺开心的，而如今长大成熟的叶潇，却开始讨厌自己这种吊儿郎当的男生了。

叶潇变了，他也变了。

比如现在，他在发觉叶潇不理他的时候，不会再像小时候一样黏上去追着她问为什么了。

也不会在得知洛一川喜欢她后，直截了当地和洛一川说，我也喜欢她，咱俩得公平竞争。

现在的阮雨声，有时会在心里问自己，阮雨声，你凭什么觉得她会喜欢你？

曾经有那么多女生当面向他告白过，说喜欢他，他渐渐习以为常，不以为意。好像他被女生喜欢从来都是一件十分容易的事。

然而当他面对自己真正喜欢的女孩时，他却忽然没了自信。

他害怕万一她不喜欢他怎么办。

万一她不喜欢他，他该怎么办？

阮雨声想，如果她不愿意让他成为她的王子的话，那他就会选择后退一步，去当一个站在她身后的骑士。她讨厌他，他便不会再刻意去招惹她，让她不高兴。

能当她的骑士就够了。

竞赛前一天，他看见她脸色苍白地蹲在走廊里罚站，一下子心里特别堵，堵得他烦闷。他故意撒谎顶撞尤萍，请尤萍回班上课，没计较后果。不当这个班长又能怎么样，他见不得她受苦。

发现她生着病考试，他身侧的窗户关不上，窗帘又坏了，他右手答着题，左手一直扯着窗帘帮她挡风。他把监考老师拿来的厚校服裹在她身上，在数学老师让她批卷的时候把卷子抢过来自己批。他看见她疲惫地靠在墙上，忽然很想伸手去摸摸她的头，问她哪里不舒服，有没有吃药。可他心里清楚，自己根本没有资格去关心她。他只能借批卷子的机会把身体往前凑，让她靠在自己的影子上，用自己的影子抱一抱她。

抱一抱，就不难受了。

阮雨声抬起头去看她的背影，心脏一阵一阵地发疼。他看得出来她很难受。她不会知道，看见她这副样子，他比她还要难受。

因为知道她想学文，却最终迫于父母和老师的压力选了理科，他主动去找老洛，请求老洛帮她解决难题。她生日那天，他让于洋在餐厅里挂满了粉色气球，因为她说过她最喜欢粉色。他在台上给她唱周杰伦的歌，因为他曾经答应过陪她一起去听一场周杰伦的演唱会。黄伊澄想和他一起唱《屋顶》，他低下头切了歌。

他没办法和黄伊澄一起唱这首歌，只是因为那句“在屋顶和我爱的人”。如果对方不是她，他永远没办法把这句歌词唱出口。

后来，他收到了妈妈身体不舒服的消息，急匆匆赶回了家，没能来得及亲口对她说一句生日快乐。

生日快乐，又长大一岁了，我的小公主。

文理分科后，她转去了高一（16）班。他知道洛一川在课间的时候不和自己去打球，是因为要去十六班找她。所以每次他都会主动和洛一川说陪他一起去。

柔和的阳光从窗帘的缝隙漏进教室门口，将她周身的轮廓打亮。琥珀色的光影里，他遇见了好多个叶潇。

和路过的学妹笑着打招呼的叶潇。

耐心地帮大大咧咧的顾嘉南整理校服领子的叶潇。

熬完夜眼睛冒着水光，傻乎乎地用手去揉眼睛的叶潇。

有时候他会想，洛一川眼中的叶潇，大概和所有人眼中的叶潇是一样的。她冷清，不爱说话，礼貌得体，事事都能轻而易举地做到完美。

但那不是真正的叶潇。

只有阮雨声知道，叶潇很累，很害怕出错，很容易对自己没信心，所以才会学起习来连命都不要。

叶潇很累的时候，也会想找人发脾气，可当她找不到那个人的时候，就会选择自己憋着。

所以小时候她才会一看见他就朝他吼：“你去哪儿了阮雨声！”

她警告他说，你不可以让我找不到你。如果你敢让我找不到你，你就死定了。

只有阮雨声知道，叶潇其实脾气很坏，有时候甚至特别蛮不讲理。她打人的样子很凶，力气会比别的女孩子大很多。可她也很善良温暖，喜欢别别扭扭地关心人，一边肆无忌惮地欺负他，一边时时不忘护着他，听见任何一个人说关于他的不好的话都会特别不高兴。

他喜欢的，是旁人眼中的叶潇，也是自己眼中的叶潇。

他喜欢好的叶潇，也喜欢坏的叶潇。

他喜欢的，从来都是全部的叶潇。

他和她扮演彼此生活中的陌生人，一扮就是一年多。

高二上学期，他在打篮球的时候认识了一个高一的学弟，名字叫叶风。在得知少年是叶风后，他忽然没头没脑地笑了。

他想起了叶潇口中那个讨厌的叶风。为什么叶风比她聪明，比她更招人喜欢，比她更自由自在……为什么家里人总是要拿她和叶风比，她根本比不过……

像个可怜巴巴的小傻瓜一样。

干吗要去听别人的话，又干吗要去和别人比？

在他的心里，叶潇永远是唯一。

他想告诉她，无论你什么样，你都是叶潇。

任何人都没办法和你比。

因为任何人都不是叶潇。

叶风开朗自信，没心没肺，和叶潇不像，反而很像小时候的阮雨声。

叶风和他说，他姐总喜欢凶他，从小就不喜欢和他一起玩。

他、叶风和洛一川经常约着一起去学校的体育馆打篮球。

洛一川总是毫不避讳地和叶风打听关于叶潇的事。他不插话，只是站在一旁静静地听。

像个贼，想获得任何关于她的消息，他都只能去偷。

后来叶风开始喊洛一川姐夫，阮雨声表面上没表现出什么异样，心里却不是很痛快。

再后来，洛一川手术休学，托他和叶风帮忙照顾她。

高二下学期，他留在班里值日，在水房洗抹布的时候，忽然看到她从水房门口经过。

他们对视上，见她没有要和他说话的意思，他也没开口。

然后他看见在她经过之后，十班的陆泽远也跟了过去。

意识到事情不太对劲，他把抹布扔在一边就追了上去。

他推开女厕所的门，看见陆泽远正扯着她的手腕把她往外拖。陆泽远的力气应该不小，他看到她疼得皱了眉。

他的火气一下子就上来了。他把她拉到一边，用尽全力狠狠地给了陆泽远一拳。刚才的场景在他的脑海里反复回放，让他觉得一拳还不够，还想再来几拳。

然后陆泽远落荒而走，他转过身去看她，越看心里越气。

他没忍住冲她发了脾气，语气很不好地质问她，为什么遇到这种事都不找他帮忙，她就这么讨厌他吗?

她已经这样讨厌他了吗?

然后她转过身哭了。

或许是因为他太凶了，或许是因为她被刚才发生的事吓到了。原因大概是前一个。

因为她哭着冲他吼，说他说得没错。她讨厌他，也不需要他帮忙。

和小学六年级大扫除那天的情景一样。

阮雨声忽然很想像当时一样，对她说，你讨厌我吧。你讨厌我吧，别哭，可以吗?

可如今的他们都已经长大了。

长大了，反而不知道如何像小时候一样，能够脱口就说出自己的心里话。

因为她小时候就爱哭，又总是不带纸，哭完借不到纸的时候就会哭得更凶，所以阮雨声从那时候起就养成了随身带面巾纸的习惯。

这个习惯竟然被他不自觉地保留到了今天。

阮雨声从口袋里摸出一包纸巾，抽了一张塞进她手心里。

看她哭得越来越凶，他心里也跟着洪水泛滥。

他终于再忍不住，试探着对她说，如果你愿意的话，其实你可以把我当朋友。

能不能给我一个机会，让我有资格在你遇到危险的时候保护你，在你伤心难过的时候陪着你。

他不敢奢求更多，可以当她的朋友就足够了。

可她却对他说，他们不是朋友。

她说，她不想和他当朋友。

她推开他跑了出去，阮雨声站在原地，苦涩地扯了下唇角。

其实也不是非要当朋友。

你不想当朋友的话，当陌生人也可以。

但是叶潇，你能不能照顾好自己，保护好自己？

别总让我这个陌生人担心你。

那天过后，他继续和她扮演陌生人的角色。发现了她对他的回避，他也努力不出现在她的面前。有时候顾嘉南叫他一起出去玩，怕她会因为不想见到他而不肯去，他每次都会找个理由拒绝。

高二下学期期中考试那天中午，在去学校的路上，他遭到了一群小混混的围堵。因为一个人势单力薄，他被按住半跪在了地上，被打得浑身是伤。注意到有路过的学生拿起电话报警，他在心里暗暗松了口气。然而一个小混混突然在地上捡起一个空酒瓶朝他走了过来，同样在此时，他注意到叶潇从巷口出现，朝他飞奔过来。

他思绪骤然一停，还没反应过来，就看到叶潇挡在了自己身前，小混混手里的酒瓶狠狠地砸在了她的背上。

他瞳孔骤缩，心脏处传来猛烈的痛意，比他身上所有的伤加起来还要更痛。

“叶潇！”他开口喊她的名字，哑到几乎失声，眼泪在声音发出前先渗了出来。他颤着手抱住失去意识的她，在她背上轻轻摸了摸，沾了满手鲜红的血。

也是在这一刻，警车鸣笛声从巷口传入。几个小混混四下逃窜，他红着眼冲向那个拿起啤酒瓶的小混混，却被赶来的警察紧紧拦住。

眼底通红一片，眼泪无声落下，他第一次感受到自己是这样无力，连自己最喜欢的女孩，他都根本保护不了。

医院里，他站在病房外等待医生给她处理伤口，双拳不自觉地越收越紧。路过的护士被他身上的伤吓了一跳，劝他赶紧去作处理，他充耳不闻，固执地守在病房门口。

直到医生走出来，告诉他她的伤已经处理完毕，他悬着的心才终于放了下来。黄伊澄在此时赶了过来，陪他去处理伤口，后来又帮他去取药。

他独自坐在病房里，思绪有些恍惚。

一定是陆泽远对她说了什么，她才会突然出现。但，她为什么要冲过去帮自己挡那一下?

这样冲动不理性的举动，一点都不像叶潇会做出来的。

注意到她睁眼醒来，他问她：“为什么不考试跑过来?为什么要冲过去帮我挡那一下？”

他执着地等待她给出一个答案，怀揣着某种侥幸心理，拼命想去寻找能够破解他心中难题的蛛丝马迹。

然后，她听见他说，她不想亏欠他。

怕自己亏欠，怕自己愧疚，怕自己还不起他的人情。

于是，换了自己去承受最重的一击。

这就是她给出的答案。

他低下头，没再说什么。他其实很想告诉她，你从来都不欠我的。

无论我为你做了什么，都是我自愿的。

毕竟归根结底，喜欢你这件事，也是我自愿的。

期末考试前的某天，他听妈妈说，香港有一位姓陈的叔叔在追求她，想要照顾她，请她搬去香港住，并且希望他也能一起去。妈妈答应了那个叔叔，然后来征求他的意见。

他和妈妈说，自己再考虑考虑。妈妈答应了他，却还是提前帮他办好了各种手续。

期末考试结束那晚，于洋叫上他和几个朋友一起去市郊的别墅玩。他没有拒绝，因为顾嘉南说一定会把叶潇带过去。他忽然很想再见见她。

他刚到别墅就被于洋叫出去打球，没打多久就下起了大雨，于是他们只能回到别墅里玩其他游戏。和一群人从外面回来的时候，他看到她无精打采地坐在沙发上，脸色不太好，情绪似乎也有点低。

是太累了吗？累了为什么不早点回房间休息？

他忍不住又开始关心她，反应过来后，又忍不住嘲笑自己。

她累不累，开不开心，和你有什么关系？

他在茶几前坐了下来，于洋往他手里塞了张牌，匆忙地开始了“狼人杀”游戏。他抽到的身份是“狼人”，刚睁开眼睛，就和她的视线正好撞上。

她忽然流了鼻血，他连忙抽出两张纸递给了她。她用纸捂着鼻子起身去了洗手台，告诉大家说她没事。其他人都坐了下来，他却还是不放心，脚步不受控制地朝她走了过去。

然后，他听见她问他：“你找我有事？”

他的确找她有事。

然而千言万语哽在喉中，阮雨声忽然不知道究竟该和她说些什么。

他想问问她，为什么经常流鼻血的毛病还没好？有没有去医院看？市里的医院看不好，为什么不去更好的医院再看看？

他想告诉她，他要去中国香港了，以后他们应该不会再见面了。其实于他而言，这座城市并没有什么让他格外留恋的人或者事，除了她。

他会舍不得她，舍不得到让他想要不顾一切地留下来。

可她却一定不会想要再见到他吧。

他对她说：“我要转学了，去中国香港。以后不会再回来了。”

可如果你不希望我走，我也可以想尽办法不走。

你会希望我留下吗，叶潇？

然后他听见她说：“一路顺风。”

一路顺风。

那晚他睡不着觉，在冰箱里拎了瓶冰水去门外透气。大雨“噼啪”落下，朦胧雨幕中，阮雨声恍惚回忆起十二岁那年的那个雨天。

那天她趴在她的背上，问他，未来我们不会分开的，对吧？

他从来都不想和她分开。

这次也一样，不是他非要和她分开的。

是她不肯要他。

塑料瓶里的冰水很快见了底，阮雨声把瓶子扔进手边的垃圾桶里，打算去冰箱再拿一瓶。

路过客厅茶几的时候，他瞥见了一瓶喝了几口的果蔬汁。他不知道这瓶果蔬汁为什么会出现在茶几上，因为提前发现这种果蔬汁里有她会过敏的成分，他特意把它们都及时收进了餐厅门后的纸箱里。他下意识往女生卧室的方向看了一眼，看到顾嘉南揉着眼睛推门走了出来。

“潇潇又去厕所了，好久没出来。

“她有点不舒服，来那个了……”

然后，他听见了门锁转动的声音，里面的人似乎打不开门。他想都没想就喊她的名字，却听不到任何声音。阮雨声大脑一片空白，直接冲过去猛撞了几下门，终于把门撞开。

他看到她靠墙坐在地上，脸色苍白，嘴唇也没了血色，额头上不断向外渗着冷汗。

他伸手去摸她的额头，却因为心里慌乱，连抬手的动作都在抖。他被她额头的温度烫得一下缩回了手。看她呼吸有些不畅，又想起了客厅茶几上的半瓶果蔬汁，他瞬时反应过来，马上转过身把她背了起来。

他背着她冲进雨幕里，心里急得不行，却担心她会害怕，边跑边安抚她说：“再忍一下，咱们马上就到了。”

她滚烫的脸颊贴在他的肩膀上，热度一路蔓延到他的心脏，烫得他疼痛难耐。

没跑多久，他突然感觉到雨伞朝自己的方向斜了斜，她似乎拼了力，将伞面挡在了他的头顶上。他的脚步猛地顿了顿。

时光倒回到十二岁那年，她趴在他的背上，同样把伞面往他的方向倾斜。

傻不傻。

他在心里问她，给我挡雨干什么？

又是因为觉得麻烦了他，用这样的方式还他的人情吗？

“阮雨声。”

她忽然声音很轻地喊他的名字。

阮雨声的思绪被拉回来，还没听她说出下一句话，就感觉到肩上的重量一沉，头顶的雨伞掉进了雨幕里。

“叶潇！”他大声喊她的名字，却再也没听到她的回应。

阮雨声也不知道自己是怎么跑到医院来的。

他顾不得浑身被淋得湿透，背着她用最快的速度飞奔到医院的急诊室，看着医生把她放在病床上给她做检查，终于扶着墙壁弯下腰，盯着满是泥泞脚印的白色地砖松了口气。

她没来得及说出口的那句话，会是什么呢？

总不可能是一句挽留他的话。

大概会是告诉他，她不用他管她，她不想欠他的人情。

可他却想问问她，他怎样才能不去管她？

他究竟怎样才能做到不去管她？

他这么喜欢她。

急诊室的单人病房里，护士给她打完点滴就离开了。

阮雨声坐在病床边的椅子上，望着她熟睡的模样静静出神。

什么时候才能学会照顾自己？

明知道生病的滋味不好受，还总让自己生病。

真是个傻瓜。

阮雨声想着，心里又是一阵疼。他伸出手碰了碰她的指尖，触感仍旧冰凉。他捧起她的手，把它裹进自己的手掌里，小心翼翼地帮她暖手。

他忽然在想，未来帮她暖手的那个人，应该会是什么样子呢？

未来她会爱上的那个人，会比自己更爱她吗？

会不会和他一样，可以对她无底线地包容，可以懂她，看穿她所有伪装出来的坚强？

未来她要共度余生的那个人，一定要比他更爱她。

不然他怎么能放心，又怎么能甘心？

病房门被推开，顾嘉南走了进来。阮雨声把叶潇的手放回被子里，从椅子上站了起来。

“潇潇没事了吧？”顾嘉南问。

阮雨声对她比了个嘘的手势，点了点头。

顾嘉南盯着他看了看，把他拉出了病房。

“你怎么狼狈成这样了？”顾嘉南皱着眉催促他，“赶紧回家洗个澡换身衣服。”

“行。”阮雨声说。

顾嘉南转身走回了病房，没过一会儿，看见阮雨声又走了进来，手里拿着两个装着热水的矿泉水瓶。

“放她手下面。”阮雨声低声说。

顾嘉南一愣，把水瓶接了过去，压着嗓子问：“你这服务也太到位了吧？”

“护士给的。”阮雨声顿了下，淡淡说。

“你还不走吗？还是等潇潇醒了，你和她道个别再走？”顾嘉南问。

“不道别了。

“这就走。”阮雨声说着要走，目光却黏在叶潇安静的睡颜上，怎么都舍不得收回去。

让他最后再看一眼她。

让他最后再看一眼，他的公主陛下。

阮雨声到了中国香港后，独自爬了三个多小时的山，去了郊外山上的一座寺庙里。他听很多当地人说，这是一座很灵的庙。

寺庙的院子里有一株极高的祈愿树，这里的高僧对他说，把自己的愿望写下来挂在树上，心愿便能灵验。他拿笔写下了一张红色字条，踩着梯子将它高高地挂在了树上。

他写道——

叶潇一生平安顺遂，事事如愿以偿。

中国香港离北京实在太远。他祈求神明，能够跨过山水的距离，替他来护佑他的姑娘。

他在中国香港的生活过得按部就班，还算十分顺利。陈叔叔的女儿在国外读书，家里只有陈叔叔、妈妈和他三个人住。

他经常会在深夜里去逛市实验的贴吧。贴吧里关于她的帖子很多，甚至有一些匿名记录她每天日常的帖子。

他一条一条地去看，从发帖人的描述中，知道了她每天穿衣服的颜色款式，每次考试中每一科的分数，知道了她哪天很开心，哪天情绪低落，哪天得到表扬，哪天受了委屈。

高考前，听说她报了北大，他忽然也很想去北京读大学，去她的城市找她。

北京离中国香港太远了。

她的生活离他太远了。

即便她依旧讨厌他，不愿意理他，即便他的奔赴依旧改变不了他们之间最终的结局，至少他还可以经常见到她，让她再次出现在自己的生活里。

他控制不住自己想见她。

他根本控制不住他自己。

他最终还是决定了留在中国香港读大学。妈妈在搬来后身体状态时好时坏，他有些放心不下。黄伊澄报了中国香港的学校，在暑假就跑来了这边。

黄伊澄所在的学校距离他的学校并不近，但她还是很喜欢来找他。她每次来的时候都会在校园里拍很多照片，然后配上自己写的小作文发在微博上。

他不愿意见她，总是借口自己忙，从没有主动去找过她。后来她突然不怎么来找他了，听说一个和她同班的男生在追求她。男生的长相和家世都很不错，对她也很好，于是黄伊澄答应和他在一起了。

挺好的，阮雨声想，他终于把这个黏人的小尾巴给甩掉了。

他继续过自己的生活，在充实忙碌的间隙里，偶尔，他会想起叶潇。

他找到了她的微博，也在手机里保存了她的电话号码。

大概是因为她长得实在太漂亮，网上经常会出现一些她的照片和视频。有时候，他会在手机的一些 APP 里搜索她的名字。某天，他看到同院的学妹打开了一个短视频，上面是她正在接受一个校园采访。

主持人问：“想知道叶潇学姐在中学时代有没有遇见过让自己心动的男生呢？”

她说：“没有。”

好像她总是在一次次地告诉他，她不喜欢他。

就连他自以为他们曾经很要好的小时候，于她而言，也并不算一段多么愉快的回忆。

她不喜欢那个总是捉弄和缠着她的小男孩。

她喜欢的人，不会是那个让她那么讨厌的阮雨声。

他在心底问自己，阮雨声，你是不是早该学会放手了。

你的女孩不喜欢你，从来都不喜欢你。

陈叔叔结识了一位生意上的合作伙伴，是一位姓许的叔叔。许叔叔的女儿和他同岁，名字叫许月凝，也在他的学校读书。许叔叔经常会带着女儿来家里做客，陈叔叔很喜欢许月凝，许叔叔也很喜欢他。

陈叔叔一直陪着妈妈治病，随着治疗的推进，妈妈的情绪和身体状态开始变得越来越好。陈叔叔对妈妈也一直很好，工作再忙都会准时回家陪她吃饭。看得出来，陈叔叔极力撮合他和许月凝，大概也是想借此机会让妈妈更加开心一点。

他被迫和许月凝单独去餐厅吃饭，两人有一搭没一搭地聊起了校园生活。许月凝忽然转发给他一条比赛通知，说是一个有综测加分的网络科学技术大赛项目，猜他可能会感兴趣，比赛的地点在北京。

北京。

那天许月凝和他聊了很多，他心不在焉地回应，脑海中只有一个克制不住的念头。

去找她吧。

既然还是放不下她，那就借这个机会，去北京找她一次，把所有的心意都向她坦白。即便你讨厌我，不想见到我，我也还是要告诉你，叶潇，我喜欢你。

其实早在十二岁我们相遇之前，我就已经认识你了。

我喜欢你凶巴巴对我发脾气的样子，喜欢你做什么事都不肯服输的样子，喜欢你把柔软善良裹进厚厚的壳的样子，喜欢你依赖我、欺负我，却又把我挡在身后保护我的样子。

你知道吗，叶潇？

我喜欢你全部的样子。

我希望那个能陪伴你、照顾你、保护你的人是我，而不是其他任何人。

我对待太多事情都是一副无所谓的态度，这是我最自私认真的一次。

我想和你在一起，永远在一起。

他报名了比赛，出发前一晚，他正在房间里收拾行李，妈妈敲门走了进来，坐在床上问他："儿子，你对月凝到底什么感觉？喜不喜欢她？"

他手上叠衣服的动作一顿，坦诚说："妈，我有喜欢的人了。"

妈妈震惊："什么时候的事？你们学校的？"

他摇头："不是，是一个……我很小的时候就认识的女孩。"

"有多小？"妈妈皱眉。

阮雨声笑了："十二岁。"

“十二岁……上小学？”

阮雨声点了点头。

妈妈笑着问：“她长什么样？漂亮吗？”

阮雨声点头：“漂亮，特别漂亮。”

“有照片吗？快给妈看看。”妈妈把他拽到自己身边坐下，激动地说。

阮雨声唇角噙着笑，掏出手机解锁，打开私密相册，选了一张叶潇的照片给妈妈看。

“小姑娘真好看，”妈妈笑弯了眼睛，“性格什么样？性格好吗？和月凝比什么样？”

阮雨声视线落向手机屏幕，目光温柔地看着照片上的女孩：“她很好，特别好。

“她不需要和任何人比。”

他永远不会拿她和任何人作比较。他喜欢她，只是因为她是叶潇。

是那个所有人都觉得完美的叶潇，也是那个她自己觉得没那么完美的叶潇。

她不需要和任何人比。

因为任何人都不是叶潇。

“她在哪儿读书？”

“她在北京。”

“北京……那她毕业了打算去哪儿工作？愿意来这边吗？”

阮雨声沉默了片刻，忽然问：“妈，如果我毕业之后想去北京工作，您肯答应吗？”

“当然答应，你不用管我，有你陈叔叔照顾我就行。”妈妈说着，拉起阮雨声的手放在自己的膝盖上，摸了摸他的头说，“儿子长大了，该去追求属于自己的幸福了。

“儿子，以前是妈不好，耽误你了。你小时候我总冲你发火，后来你读了初中，我又开始生病给你添麻烦。这些年妈妈没能让你快乐地长大，心里真的觉得特别对不起你。”

妈妈说着，眼里含了泪，摸着他的头，问他：“你愿意原谅妈妈吗？”

阮雨声伸手去帮妈妈擦眼泪：“我没怪过您，真的。”

“我儿子真好，”妈妈破涕为笑，一脸欣慰地看着他，“长得帅，优秀，还懂事，会疼人。我儿子喜欢的姑娘，肯定也特别好。”

妈妈又说：“明天就去找人家，不许再拖了！”

“好。”阮雨声笑着答应，“明天就去找她。”

比赛前夜，他刚到酒店放下行李，就乘地铁去了北大。

那天下了很大的雪，路灯洒下的淡黄光晕里，他看见她和另一个男生并肩走在路上。

雪地很滑，她平衡力又不好，总是一不小心就要滑倒。男生会一直拉着她的胳膊，扶着她走。

看得出来，这个男生成熟稳重，细心温柔，对她特别呵护关照。

有两个女生从他身边经过。

“你看！程以航和叶潇！他俩真在一起了啊？”

“他俩都在一起很长时间了，我们学生会的人都知道。可能是为了避嫌吧，两个人一直没公开承认过。”

他站在原地，眼睫颤抖，眼底被寒风吹得通红。

雪忽然下得更大，从他的头顶和肩上砸落下来。

脚下积雪深厚，阮雨声艰难地往校园门口走。风雪顺着他的羽绒衣领口不断钻进去，寒意渗入骨髓，他被冻得浑身发疼。

痛感使他的意识越发清醒。

你还是来迟了，阮雨声。

比赛结束当晚，他和几个在比赛中认识的师兄师弟在饭店聚餐。中间一个北大的师弟接了通语音通话，是他一个师兄打过来的，师兄的名字叫程以航。

“怎么样师哥？今天和潇潇姐约会顺利吗？”

“天气太冷了，吃个饭就送她回去了。她怕冷。”

“师哥真会疼老婆。”

“我不疼她疼谁？”对面的男生笑了笑，“别贫了，吃完饭早点回学校，别喝太多，注意点安全。”

“知道了，师哥再见！”

“你师兄？”阮雨声问。

“啊对，我们院学生会主席，程以航。”

“他有女朋友了？”阮雨声接着问，又解释一句，“我以前听朋友提起过他。”

“他女朋友是我们学校的校花，漂亮优秀，人也好。我们都觉得他俩特别般配，天生一对。

“以航哥特别会照顾人，学习和工作能力强不说，脾气性格也特别好。他爸妈都是我们学校的教授，相处起来一点架子都没有，如沐春风。

“听说两位教授都特别喜欢潇潇姐。”

阮雨声夹菜的动作顿了很久，静静盯着眼前的餐碟，似乎连抬起一下胳膊都费力。

这个世界上有人能给她更多，不好吗?

他应该给她祝福。

不然能怎么样呢?

本来，她就一直最讨厌他，从来都不喜欢他。

回中国香港不久后，他在篮球课上再次遇见了许月凝。他们选了同一门篮球课。

阮雨声没有想到，许月凝平日里看着文静秀气，实际上性格却倔得厉害。她和他们这群男生打篮球也一定要打赢，然后她会在打赢之后神色骄傲地对他说，你输了，阮雨声。

你输了，阮雨声。

阮雨声想，他应该学会如何去接受别人了。

许月凝依旧经常和许叔叔来到家里做客。他渐渐敞开心扉和她聊天，发现自己和她其实还算投缘。他们有不少共同话题，会不约而同地选同一门选修课，报同一个社会实践项目。许月凝很要强，做什么都要和他争个高下，赢过他就会很开心。许月凝性格温和，但偶尔也会耍小性子，和他吵架了一定要让他先服软。

不知不觉间，他们一起做了很多很多的事。

后来，许月凝向他表白，他们正式在一起。

大学毕业后，他去了投行工作，她去了一家出版社上班。

工作两年后，两家的父母商量，打算让他们结婚。

婚礼前一周，他给叶风打了个电话，问他要不要来参加。

叶风答应得很爽快。

那天晚上他从公司回家的路上，突然接到了一个电话。

手机屏幕上显示着来电姓名——叶潇。

他顿了顿，接通了电话。

对面的人喝醉了，说一定要和他说句话。

她说，她讨厌他，特别讨厌他。

有男人的声音从听筒里传过来，然后她挂断了电话。

四周有风卷起，阮雨声盯着忽然被切断通话的手机屏幕，只觉得很讽刺，扯起唇角苦笑了下。

被自己暗恋的人讨厌了这么多年，倒也不算是件坏事。

至少她还一直都记得他。

至少在她喝醉酒之后，还能记得她讨厌他，然后特意打电话来把这件事告诉他。

他这样想着，高中微信群忽然不断有消息弹了出来。

“绝了，一个市实验的学妹给我发的。咱毕业都已经七八年了吧，没想到声哥和叶女神又翻红了一把。”

“他们还在这儿嗑上了。还别说，他们在哪儿找的照片，这颜值，绝配啊。”

“欸，声哥有老婆你不知道啊？”

“我就是感慨一下，谁还不知道他俩成不了，能成不早就成了？”

阮雨声滑动着帖子，想起刚才接的那一通莫名其妙的电话，心脏突然像压了块石头，一下闷得不行。

他用手机注册了个贴吧账号，把用户名设置成乱七八糟的英文和数字符号，在帖子下回复了一句：“叶潇对阮雨声没有喜欢，只有讨厌。”

像个赌气的小孩，用最幼稚的方法去宣泄自己不满的情绪。

阮雨声再次登录那个贴吧账号，是在婚后的第二个月，某个周末的下午。

那天的天色很暗，像是要下雨，房间里不得不开了灯。他打开电脑准备处理几个文件，忽然想起自己用手机号注册那个贴吧账号，觉得这个行为实在有点犯傻，还是干脆把它注销算了。

然而他刚登上账号，就看到一条回复弹了出来。

在他评论完没多久，有一个人给了他回复。

“假的。再造谣楼主拉黑。”

他盯着这个人的头像看了看，是周杰伦。

“我最喜欢听周杰伦的歌。”

“我还偷偷申请了个贴吧账号，你猜密码是什么？叶潇爱周杰伦的第一个字母缩写，加上1314。我玩游戏的账号密码也是这个，我爸妈绝对猜不到。”

小学时，叶潇曾经和后桌女生这样说过，不知道为什么，阮雨声竟然一直记得。

他的大脑瞬间有些乱，心脏像是不受控制一样，毫无规律地猛烈跳动起来。

他点开这个人的主页，发现主页内容被设置成了私密。于是他马上打开了登录页面，敲上用户名后，开始输入他记忆中的那个密码。

很简单的一串密码，他的手指却总在颤，像不听使唤一样。他输了好几次才终于输对了密码，让页面成功跳转。

主页上，只有两句话。

第一句话，发布时间是他们初遇那天。

内容是——最讨厌的人：阮雨声。

第二句话，发布时间是两个月前。

内容是——最喜欢的人：还是阮雨声。只有阮雨声。

阮雨声愣愣地盯着电脑屏幕，大脑“嗡”地变得空白。

耳畔“轰”的一声雷响，猝不及防间，雨水伴着雷声“哗啦啦”地落下。

他的喉结滚了一下，只觉得视线模糊，眼前的淡黄灯光糊成了一片。他的手指下意识蜷缩，又松开。

“老公！下雨了！你把卧室窗户关一下呗！”在浴室刚洗完澡的许月凝忽然在门外喊他。

他回神，麻木地合上电脑，想起身去关窗，却突然一步也迈不动。

窗外是茂密的树叶，被风雨吹打，发出唰啦啦的声响。

阮雨声侧过头，没什么表情地看向了窗外。

恍惚间，他回忆起了十二岁那年的阮雨声。

十二岁的阮雨声认识了一个像公主一样的小女孩。可他知道，她哪里是真正的公主。一个真正的公主，不会只敢把真实的自己偷偷地藏起来。一个真正的公主，不会从来都不肯哭，不肯喊疼，只会在没人的时候可怜巴巴地吹吹自己的伤口。

他控制不住自己想要去对她好，去包容和保护她，让她可以在自己面前成为一个真正的公主。

他和她一起写作业，陪她一起闹，一起笑。他在她伤心委屈的时候帮她擦眼泪，在她难受得没有力气的时候背着她走。

他下定决心以后一直和她去同一个地方。

因为他想和他的公主，永远在一起。

十二岁的阮雨声，因为赌气对她放狠话，说自己再也不会回来找她。和她分开的那晚，他因为不想搬家而和妈妈大吵大闹，被妈妈硬拖上了火车。

十三岁的阮雨声，在搬家到市里后每天都在想她。他准备去找她，却收到了妈妈自杀抢救的消息，在医院的走廊里守了整整一个星期。他偷偷跑回她的学校看她，却没有勇气出现在她面前，和她说上哪怕一句话。

十四岁的阮雨声，拼了命地学习，告诉自己不可以沉沦和放弃。他必须要重新振作，因为他觉得还有她在等自己。

十五岁的阮雨声，中考成绩全市第二名，和她被分到了同一所高中。

十六岁的阮雨声，听她对所有人说她和他不熟，看她拿他当陌生人。见到她蹲在走廊里罚站，他撒谎顶撞班主任，只是为了能让她早点回教室休息。发现她发着烧考试，他拉着窗帘为她挡风，给她裹上厚校服，帮她批卷子，用自己映在墙壁上的影子抱了抱她。

十六岁的阮雨声，为了能让她顺利学文主动去找老洛帮忙，在新年许下的愿望是希望她的新年愿望全部都实现。

十七岁的阮雨声，听她对他说我们不是朋友。看到她被啤酒瓶砸在背上，他心痛得喘不过气，眼泪瞬间渗了出来。深夜里她过敏发烧，他焦急地背着她在大雨里狂奔。他在医院里帮熟睡的她暖手，在临去香港前不舍地看了她不知多少眼。

十七岁的阮雨声，独自爬了三个多小时的山，在寺庙的祈愿树上为她挂了一个祈愿符。

二十岁的阮雨声，独自去了北大，在校园里看见她和另一个男孩在一起。

二十一岁的阮雨声，尝试着去和另一个女孩谈恋爱。

二十七岁的阮雨声，终于彻底放下了她。

窗外雨势更大，雨点铺天盖地，“噼啪”敲打着半开的玻璃窗。

盛大雨幕之下，天地陷入沉寂，只能听见雨声。

他痛苦地闭了闭眼睛，手掌再次握紧。指甲被他掐进手心里，掐出了见血的红印。

太迟了。

这场雨来得太迟，迟到了整整十五年的时间。

他用十五年的时间去等待，然后用一生的时间去遗憾。

原来他们之间的故事，本可以不在十二岁那年就讲完。

叶潇番外

阮雨声，我找到自由了，现在的我很幸福，希望你也一样。

婚后的某天下午，叶潇从外地出差回来，刚下飞机就直接拖着行李来到了市郊。她的爸爸刚动完手术，身体状态一直不是很好。早上沈之涵给她打电话，说自己今天想去市郊一个很灵的庙里帮家人祈福，问她要不要和自己一起。

叶潇答应和她一起去。

沈之涵上午就已经到了，一直在庙里等她。

叶潇在上山的路上，遇见了一位和她年龄相仿的男人。大概是因为路上只有他们两个，男人在看了她几眼后，主动上前和她打了个招呼。

她礼貌点头回应。

“你……你是叶潇？”

叶潇有些惊讶，问：“您认识我？”

“读大学的时候听说过你，国内高校校花榜的榜一，我刷短视频的时候有好几次刷到你。”

叶潇淡淡笑了笑。

“你现在……过得挺幸福的吧？”男人忽然开口问。

叶潇一怔。

“没什么，”男人笑了笑，“突然想帮我一个哥们儿问问。”

“他以前挺喜欢你的……”

“我和他……认识吗？”叶潇问。

“他说你们从小就认识，认识了很久很久。”

叶潇的心跳倏地漏了一拍。

“他叫什么名字？”叶潇表情有点僵，声音下意识地发颤。

“我不知道他愿不……”男人神色为难，接着又轻松一笑，说，“算了，都是挺久之前的事了，告诉你也没什么。

“我本科港科大的，他是我室友，名字叫阮雨声。”

叶潇只觉得脑中“轰”的一声，有什么东西在她耳边瞬间炸开。一阵狂风刮起，强劲有力，吹得山上的树木猛烈摇晃，“哗哗”直响。

“其实他喜欢你这件事，不是他主动告诉我的。就是有一次，他去北京参加一个比赛，回来那天情绪特别不对劲。那天我正好过生日，我俩就一起去酒吧喝了点。

“他喝得特别多，喝醉之后忽然把手机掏出来，点开你的照片给我看，红着眼说，他从十二岁认识这个女孩，但这个女孩一直不喜欢他，讨厌他。他这次去北京，看见这个女孩交男朋友了。他说她的这个男朋友比他好，所以他觉得，挺好的。

“这件事我没和任何人提过，估计现在他早就已经放下了。我就是刚才看见你，突然想起来这件事，多嘴问你一下。”

叶潇久久没有说话，心中巨浪翻涌，铺天盖地，蔓延到她身体的每一寸，让她无处躲藏。她的胸腔剧烈起伏着，手指止不住地发颤，她下意识握紧了手掌，指尖掐进了掌心里。

“他现在过得好吗？”叶潇忍住哽咽，轻声问道。

“挺好的。事业有成，父母身体健康，和他老婆也挺恩爱的。”

叶潇眼睫轻颤，吸了下鼻子，笑着说：“那就好。”

她接着说：“我现在也挺好的。”

到了山上后，叶潇来到寺院的祈愿树前为家人挂祈愿符。她多付了一份钱，为阮雨声也买了一个祈愿符挂上。

那天晚上下起了蒙蒙细雨，她没有下山，和沈之涵一起住在寺院的客房里。迷迷糊糊间，她做了一个梦。她梦见自己回到了小学六年三班的教室里，看见阮雨声正坐在座位上认真地研究手里的一张 CD。

旁边的男生问他：“常馨月送你的？”

“刚才和她说了好半天，她才答应九月份开学帮我拿一张有周杰伦签名的。”男孩美滋滋地说，“叶潇最喜欢周杰伦了，收到了有签名的 CD 肯定会特别高兴。”

“感觉你比她还高兴，嘴都快咧天上去了。”男生一脸嫌弃地看着他。

叶潇眼睛有点湿，张口喊他的名字，却得不到他的任何回应。他看不见她，也听不见她说话。

眼前的画面飞速闪过，叶潇忽然来到了一中的大门口。

她看见十三岁的自己背着书包从学校门口走出来，不远处的树下，一个小男孩正静静地看着她。

十三岁的她走在放学回家的路上，男孩隔着一段距离，默默跟在她的身后。半路上她停下脚步，蹲下来给路边的小流浪狗喂东西吃，轻轻拍了拍它的头，然后继续往家走。她看见跟在自己身后的男孩也在小狗面前蹲了下来，拍了拍它的头，问它：“刚刚喂你吃东西的姐姐对你好不好？”

小狗“汪汪”叫了几声。

“那你能不能帮哥哥一个忙，以后每天晚上都陪姐姐一起回家?

“姐姐一个人走路很孤单，她很喜欢你，有你陪着她，她肯定会很开心。”

小狗又“汪汪”连叫了几声。

阮雨声把手搭在小狗的头上，轻轻揉着它的脑袋，目光温柔地笑了。

叶潇的眼泪涌了出来，她大声喊他的名字，拼命想跑到他面前去，他却什么都听不见，再次消失不见。

眼前的场景切换到医院的病床上，她看到阮雨声正坐在熟睡的她的身边，捧着她的手帮她暖手。

“再过一会儿，我就要走了。”他望着她呼吸平稳的睡颜说，“以后我不会再出现在你面前烦你了。”

他扯起唇角笑了笑：“其实每次也不是故意要来烦你的。

“只是怕你难过，怕你有危险，怕你受伤，所以才总是控制不住自己来烦你。

“既然你这么讨厌我，那就一定要照顾好自己，知道吗?

“不然小心我哪天从香港飞回来，继续出现在你面前烦你。”

叶潇站在一旁看着眼前的一幕，身体控制不住地颤抖，捂住脸泣不成声。

“阮雨声。”她嗓音沙哑地喊他的名字。

“阮雨声。”

“阮雨声。”

视线里的场景再次转换，叶潇来到了机场，阮雨声在机场熙熙攘攘的人群中消失不见。

叶潇四处张望，一遍遍大声喊他的名字，却再也找不到他的身影。她绝望地蹲了下去，环抱住膝盖在机场大厅里大声哭泣。

突然，一个熟悉的声音从前方不远处传了过来。

“叶潇！”

叶潇猛地睁开眼，站起身去看眼前的人。阮雨声正站在前方不远处的登机口前，手里拖着拉杆箱，转过身笑着喊她的名字。

叶潇呆呆愣在原地，眼泪无声地顺着脸颊一滴滴滑落。

“找到自由了吗？”他笑着问她。

叶潇顿了顿，然后含着泪朝他用力点了点头，哭着又笑了。

她看见他也笑了，笑得灿烂无比。

“那就好。”他冲她抬了抬下巴，对她说，“我走了。

“一定要记住，叶潇永远值得被爱。会有越来越多的人爱你，爱全部的你。”

少年说完便转身离开，颀长笔直的背影轮廓消失在日光编织的浅黄色光影中。

叶潇在刺目的光影中渐渐转醒，雨过天晴的初晨，树梢上鸟叫声清脆，天色澄净如洗，身旁的沈之涵还在熟睡。

她抬眼看向窗外，因为眼里盈着泪光，视线被蒙上了一层朦胧的薄雾。

她看到一阵风吹过，无数个挂在树上的红色祈愿符被风吹动，刷刷作响。

叶潇眨了眨眼睛，任眼里的泪珠簌簌落下。她轻轻抹了把脸上的泪痕，望着窗外的祈愿树破涕为笑。

在梦境的最后，她有一句没来得及说出口的话。她想对他说——

阮雨声，我找到自由了。

我找到自由了，现在的我很幸福，希望你也一样。

南北两株祈愿树上，有两个写着他们彼此名字的祈愿符正在雨后的空中轻轻飘扬，遥遥相望。

he 平行番外

他们会一直陪伴在彼此身边。从十二岁那年，到未来的很多很多年。

一年一度的换寝日，女生宿舍楼里人山人海，喧哗吵嚷，每个人都在忙着把自己的行李和箱子往新宿舍里搬送。

“哥，行李我来拿，你帮她收拾一下桌子上的东西就行。”

316 宿舍里，叶风说完便扛着一条淡粉色的棉被飞快地走出了宿舍门口。

阮雨声站在叶潇的书桌前看了片刻，弯下腰把桌子底下的空整理箱拖了出来，然后站起身将她书桌上的书和文具往整理箱里放。

叶潇的几个室友一边收拾自己的东西，一边频频回头看向正垂眸认真清理书桌上东西的阮雨声，忍不住小声议论起来。

“潇潇自己怎么没回来搬东西啊？”

“听说她今天钢琴考级，赶不回来。”

“但阮雨声怎么来了啊？潇潇和他不是不熟吗？”

“他和叶风关系好，估计是叶风让他来的，他不好意思拒绝呗。”

阮雨声侧耳听着，自顾自地整理着手上的东西。桌面上的书本和文具已经全部被他归置进整理箱里了，他随手拉开抽屉，打算清理一下里面的杂物，忽然注意到一个粉红色的信封，十分规整地躺在抽屉最里端的角落里，被压在一个精致的记事本下面。

阮雨声拉抽屉的动作一顿，目光停在了这个小信封上。如果是其他男生送给她的，那么从颜色上看，很明显这个信封里装的应该是个告白信之类的东西。它能被叶潇隐秘妥善地保存在这里，可见写信的人在她心里的分量并不一般。

他迟疑了一下，还是伸手把信封拿了出来，轻轻地将它拆开了。信封的里面装着一张会员卡，是一张F县的篮球馆年卡。除了这张卡之外还有一封信，信纸是彩色的，上面写着一行稀疏稚嫩的铅笔字：

To 阮雨声大笨蛋：

希望你每天都能玩你最喜欢的篮球，每天都能特别开心。上次你和阿姨吵架我听到了，其实她不愿意给你办这个卡是因为你太笨了，打球的时候总是会受伤。所以你必须得向我保证不会再受伤了，我才能把这张卡送给你。这张卡是我用存了好久的零用钱换的，你绝对不可以把它弄丢或者送给别人，不然你就完蛋了！

最后，祝你毕业快乐，希望初一开学我们能被分到同一个班。

叶潇

阮雨声捏着信纸的力道无意识地收紧，眼睫轻轻颤了颤，喉咙有些干涩。

他把信纸叠好，将它和那张会员卡一起放回了信封里。在把整理箱搬进她的新宿舍后，他将整理箱里面的东西一件件地拿了出来，按照之前的位置将它们在桌子上重新摆放整齐。

“辛苦你了哥，等我姐回来了，让她请咱俩吃饭。你不用客气，到时候咱俩好好地宰她一顿。”叶风一边帮叶潇整理着床铺，一边转过头扬了扬眉对他说道。

阮雨声淡淡笑了下，答应说：“行。”

叶潇返校的那天正好是周末，她打算先回宿舍放一下东西，然后去体育馆找叶风吃饭。

来到新宿舍后，她环顾了一遍桌子上的书本和文具，发现它们都是按照之前的位置整齐摆放的，没有一处不一样。再看床铺，被子歪歪扭扭地躺在满是褶皱的床单上，一看就是叶风的杰作。

“桌子是你们帮我收拾的吗？”叶潇问身边的一个室友道。

“不是，桌子上的东西是阮雨声帮你整理的。还别说，他看着大大咧咧的，整理起东西来居然挺细致。”

阮雨声。

叶潇听到这个名字后，心脏猛地颤了一下。她忽然想起什么，下意识匆忙拉开了抽屉，去看躺在里面的那个信封。

信封还被放在原来的位置，看上去没有任何变化。她把信封拿出来打开，发现信纸和会员卡依旧还在里面，没有任何变动。

她扯了下唇角，像是在嘲笑自己的自作多情。

他怎么可能动她的东西？

他怎么可能有兴趣动她的东西？

即便这封信看上去那么像一封告白信，他也不会想把它拆开看一看。她收了谁的信，妥善保管了谁的信，和他又没有什么关系。

叶潇把信封放回原位，拿起书包离开了宿舍，朝体育馆走了过去。

体育馆里人不多，叶风还在篮球场上打球，阮雨声正坐在观众席第一排的某个位置上，仰头喝着手里的矿泉水。

叶潇朝他走过去，站在他面前，礼貌客气地对他说：“谢谢你昨天帮我搬东西。”

阮雨声看了她一眼，云淡风轻地笑了下，同样礼貌客气地回应说：“不用客气，都是同学。”

叶潇的手指蜷了下，见他这一副漫不经心的样子，心里忽然一股无名火燃了起来。

“走吧，咱们去食堂？”叶风抱着球从篮球场上走了过来，抹了把头上的汗说道。

“你们去吧，我想起来有作业没写，先走了。”叶潇冷着脸，把手里的饭卡扔给了叶风，转身就往门外走。

叶风一头雾水，挠了挠头看向阮雨声：“她怎么了？”

阮雨声勾了下唇角，无奈地摇了摇头。

食堂里，叶风一边夹菜，一边向阮雨声抱怨：“就我姐这脾气，没几个人能受得了。不过她好像对别人都还挺好的，就只对我这样。”

阮雨声笑了下，没说话。

“对了哥，每天和你在一起那个学姐呢？今天没来？”

阮雨声顿了下，问：“黄伊澄？”

“对。”

“她今天有点发烧，在家休息呢。”阮雨声说。

“我突然想起来个事。”叶风翻着眼皮回忆了下，说，“我姐她特别奇怪。以前从来没听她和我提过哪个女生，但是前段时间她忽然问我，她和那个黄学姐谁长得更好看。”

阮雨声正低头喝水，闻言被呛得咳了好几下。

“然后我就问她，如果我说她不好看的话，会有什么后果。

“我说还是她更好看点，毕竟是学校贴吧里投出来的校花嘛，长相符合大众审美。但是人家黄学姐性格好啊，可比她温柔多了。

“结果她有半个月见到我装不认识我，一句话都不和我说，简直了。”

阮雨声忽然笑了，嗓音很低，一阵一阵停不下来，笑得肩膀都一颤一颤的。

“不是，你笑什么啊哥？”叶风一脸不解。

“欸，你没觉得你姐特可爱吗？”阮雨声一边笑一边问。

叶风费解，皱眉问：“她可爱？你没事吧哥？”

阮雨声没再说话，只是依旧笑个不停。

心中一直困惑无解的难题一下被他解开了，关于叶潇为什么对他态度冷漠，为什么口口声声说和他不熟，拿他当陌生人。

答案就是，他的小公主，吃醋了。

换寝日之后的某个周末，市实验的校学生会组织了一场内部成员的团建活动，地点定在市中心的中央公园。

叶潇和阮雨声分别担任宣传部和学习部的部长，需要各带一队成员完成活动中规定的比赛项目。

这场比赛是速度赛，规则其实十分简单。每一队的成员需要找到藏在公园各处的问题卡，轮流回答出卡片上问题的正确答案，然后领取线索。如果答错了题目，需要在本队路过惩罚区的时候，由队长接受一次惩罚。最先到达终点并利用领取到的全部线索解答出终极问题的那一组为获胜组。

在回答第一个问题时，阮雨声的组员因为没能顺利找到问题卡并答错了问题而耽误了时间，于是叶潇所带领的队伍率先拿到了第一个线索。然而在回答第二个问题时，叶潇的组员却给出了一个错误答案，队长只能接受惩罚。

惩罚区的位置在公园正中央的凉亭内。凉亭的石桌上摆放着两杯黑暗饮料，先接受惩罚的队长可以先选择一杯喝下，剩下的一杯留给接下来抵达惩罚区的队长。

叶潇在选饮料的时候特意仔细地闻了闻。一杯饮料是黄色的，闻起来有刺鼻的柠檬的酸味，还有很淡的芒果味。另一杯饮料是绿色的，闻起来有薄荷和抹茶的味道。

叶潇特别怕酸，胃也一直不太好，正常情况下她肯定会选择喝下第二杯的，但她知道阮雨声对芒果过敏。

像他那么粗心的人，喝之前肯定不会像她一样仔细去闻一下。也许第一杯里未必有芒果的成分，但她还是不敢冒险，于是拿起了第一个玻璃杯，仰头皱着眉把里面的饮料喝了下去。

喝完之后她咳了好一会儿，突然感觉到胃里一阵恶心，有点想吐。

“你没事吧学姐？”身边的学妹连忙给她递了一瓶矿泉水，不解地问道，“另一杯明显好喝一点，你怎么不选另一杯啊？”

叶潇接过水，道了声谢，淡淡道：“没事，选哪个都一样，咱们去找下一个问题卡吧。”

叶潇组顺利地找到了剩下的几张问题卡并回答对了问题，收集到了好几个线索。如今只剩下最后一个藏在树林里的问题卡还没有被找到。叶潇让其他几个组员先去终点拼凑和分析已有的线索，自己独自去找最后的线索，然后再去和他们会合。

公园里，灰色砖块铺成的甬道和树林之间隔着一个两三层的小台阶。叶潇正要往下迈台阶，忽然听到树林里传来一个娇俏的喊声：“哥哥，最后一个线索被我拿到啦！咱们肯定能赢过他们啦！”

咱们，他们。

叶潇的目光顺着喊声传来的方向望了过去，没注意到脚下的台阶上绕了条绳子，脚背一下被绳子勾住，身体向前一倾，猛地从台阶上扑了下来。

她下意识用双手撑在满是泥土的地面上作缓冲，膝盖却还是重重地砸在了水泥台阶上。随着嘭的一声，钻心的痛感从她的手心和膝盖上猛然袭来，让她疼得的眼泪都差点瞬间涌了出来。

“潇潇姐！你没事吧？”黄伊澄先注意到了她，大声喊道。

叶潇抿着唇抬了下头，正想和她说自己没事，忽然看到在不远处的阮雨声朝自己跑了过来。

他拧着眉，脸上的表情极其不好，飞速地跑到了她面前，语气焦急地问道：“摔哪儿了？疼不疼？”

就在这时，黄伊澄也气喘吁吁地跑到了阮雨声的身边来。

“没事。”叶潇紧咬着唇，额头上有冷汗渗了出来，却还是面色如常，强忍着疼痛想依靠自己站起来。

“你先去交线索，我送她去趟医院。”阮雨声转头对黄伊澄说。

黄伊澄张了张嘴，想到其他组员还在等他们，于是点头答应，转身朝终点跑了过去。

阮雨声静静地看了她一会儿，叹了口气，声音很轻地说：“就只有我在了，还硬撑？想哭就哭，我又不会笑话你。”

叶潇鼻尖倏地一酸，眼泪不受控制地从泛红的眼眶里涌了出来。她抬起手想捂住脸，手腕却被阮雨声一下抓住。

“手上有伤呢，别用手抹。”他从口袋里摸出一张面巾纸，塞进了她的手心里。

“不用你管我。”她一边用纸抹着眼泪抽噎，一边试图挣开他拉着自己手腕的手。

他手上却使了力，不顾她的抗拒，转过身弯下了腰，拽着她的胳膊搭上自己的肩膀，抄起她的膝弯就把她背了起来。

“你干吗！”叶潇吼他，挣扎着要从他的背上下来。

“送你去医院处理下伤，别乱动啊，不然摔下来又得挨一次疼。”阮雨声威胁她道。

叶潇不动了，带着闷闷的鼻音，冷着声音说：“阮雨声，你知不知道你到底有多让人讨厌。”

她又说：“我讨厌你，你知道吗？”

“我知道，”阮雨声淡淡笑了下，手上兜着她膝弯的力道又收紧了几分，“所以我想问一下叶潇同学，你到底为什么讨厌我？”

叶潇吸了下鼻子，没吭声。

“你不说我怎么知道自己到底哪儿招人讨厌啊？毕竟除了你，大家还都挺喜欢我的。”他接着说。

叶潇依旧不说话，只是把埋在他肩上的头侧了侧。

阮雨声感觉到自己的肩上有凉凉的湿意传来。她的泪水透过他单薄的T恤布料，缓缓地渗进他肩膀的皮肤里。

“你讨厌我也没什么用，我跟定你了。你越讨厌我，我越要每天都黏着你，就像咱俩上小学的时候一样。”阮雨声语气无赖，自顾自地说着话。

叶潇的眼睫颤了颤，说：“你都有喜欢的人了，还好意思对别的女生说这种话，你到底怎么想的？”

阮雨声忽然笑了，问：“我喜欢谁啊？”

“你……”叶潇说着就要伸手去打他的头。

“我不喜欢黄伊澄。”阮雨声不紧不慢地解释道，“她就是我邻居家的一个妹妹。她奶奶对我挺好的，特别照顾我，所以我才经常和她待在一起。

“但我可一点都不喜欢她啊，就只是把她当妹妹。

“你不会不相信吧？”见她没反应，阮雨声脚步一顿，侧过头急急向她解释道，“我真不喜欢她，我可以向你发誓。”

“你向我发什么誓？你爱喜欢谁喜欢谁，和我又没关系。”叶潇抽着鼻子，语气冷冷地说。

阮雨声没再说话，转过头继续背着她往前走，唇角却轻轻地向上扬了扬。

那天膝盖受伤之后，叶潇休息了一段时间，本来要承担的运动会举牌的任务也临时转交给了班里的另一个女生。

运动会不久之后就是年级篮球赛，第一场比赛是七班对十一班。叶潇本来打算准时去篮球馆看阮雨声打比赛的，却在临走时突然被英语老师叫住。英语老师让她去办公室帮忙批一下高一的英语作文，于是她只能等批完这些作文再去体育馆。

她正坐在英语办公室里认真地改着作文，突然听见走廊里有人大喊了一声：“听说了吗？十一班的那群人在打球的时候和阮雨声打起来了！”

“听说他们可孙子了，不守规则使阴招，故意撞阮雨声。阮雨声受伤了，好像特别严重，站都站不起来了。”

叶潇的大脑“嗡”的一声，她猛地站起身来，心乱如麻，匆忙向老师请了个假，连说话的声音都在发颤：“老师，我有点急事，我先出去一趟。”

叶潇飞快地跑出了办公室，不知道为什么，她总会想起之前因为打球受伤而做了手术的洛一川。

洛一川再也不能打球了，如果阮雨声也变成那样，该怎么办？他那么喜欢打球，比叶风还喜欢打球，他不可以打不了球的，绝对不可以。

她不断加快着脚步奔向体育馆，脑海里反复去想的这些事情既遥远又离谱。她一边跑一边在心里祈祷，阮雨声，你千万千万不要有事。

求你不要有事，好不好？

叶潇忍着鼻腔里的酸涩，终于赶到了体育馆。体育馆内人群乌泱泱一片，她找不到她想找的人，忽然看到了叶风，跑过去大声问他：“阮雨声呢？”

“呃？”叶风没听清。

“我问你阮雨声在哪儿！”叶潇的语气很凶，叶风被她吼得一愣，说话都结巴了一下。

“声哥受了点伤，在……在看台那边坐着。”叶风伸手指了指看台最里侧的那排座位。

叶潇怔怔地朝叶风所指的方向看了过去，看到阮雨声正低着头认真地往自己的脚踝上喷药。

她转过身飞快地跑了过去，站到他面前，气喘吁吁地问道：“你没事吧？”

阮雨声手上的动作一顿，抬头和她对视上，看到了她一双泛红的眼睛。

“没事，就脚扭了一下，不严重，一点事没有。”阮雨声说着，还特意抬起脚朝她晃了晃。

叶潇沉默了半晌，没再说话，转身就要离开。

“欸，你……”阮雨声起身想追她，一个没站稳脚又崴了一下，疼得“嘶”了一声。

叶潇在听到他的声音后马上停下脚步，回过头去看他。

“你怎么了？”她目光关切地问。

“不知道，”阮雨声蹲在地上，故意用手捂住脚踝，脸上露出极为痛苦的表情，“忽然特疼，疼得我有点站不起来了。”

“你不是说没事吗？”叶潇焦急地跑朝他跑了过去，伸手去扶他，声音里带了哭腔，话也说得含混不清，“你先坐下，我去找校医，我现在就去……”

“欸，”阮雨声忽然抓住她的手腕，让她坐在自己身边的座位上，笑嘻嘻地凑近她问，“为什么这么关心我？”

叶潇神色一变，发现自己被骗了，抬起脚就要踢他。

“欸欸，有伤，真的。”阮雨声觉察到她的动作，及时制止道。

叶潇不说话了，只是埋着头去看自己的鞋尖，没再理他。

“我以后打球不会再受伤了，”阮雨声看着她的眼睛，语气认真地说，“真的，这次是意外，纯粹是因为十一班的那群人太阴了。

“欸，我都向你保证了，那张篮球馆的年卡，你到底打算什么时候给我啊？”

叶潇猛地抬头看他：“谁让你偷看我东西了？”

“我偷看是因为我以为那是别人送给你的情书。”阮雨声解释，“后来我发现那是你本来就要送给我的东西。我看我自己的东西，不算偷看。”

怎么会有这么无赖的人？

叶潇一脸无语。

“其实小学毕业的那个暑假，我是被迫离开的。那天我和我妈大吵了一架，被她拖上了火车，所以连和你告别都没来得及。

“后来到了市里，我心里一直很空。就感觉，身边少了那个每天欺负我的凶巴巴的女生，突然特别不适应。”

“谁欺负你了？”叶潇瞪着他问。

“行，她没欺负我行了吧。”阮雨声认错道歉，“她虽然有的时候有点凶，但她其实真的特别好，对我也特别好。

“比如，她在发现我因为没有打球的地方而不开心的时候，会特意把自己的零花钱攒起来，买篮球馆的年卡送我。

“比如，她知道我对芒果过敏，所以明明自己吃不了酸的东西，却还是把那杯柠檬芒果汁给喝了，把另一杯留给了我。

“再比如，她听说我打篮球受伤了，会急匆匆地从教学楼一路跑过来找我，确认我伤得重不重，用不用去帮我叫医生。”

阮雨声看着她的眼睛，语气真诚地问：“欸，你说这个世界上怎么会有这么好的女生啊？”

叶潇沉默地和他对视，眼睛忽然有点发酸。

“但是有特别多的男生喜欢她，所以我也不确定自己到底能不能把她追到手。你能不能教教我，该怎么追她？”

“我不知道。”叶潇低下了头，声音闷闷的。

“要不就这样吧，我逢人就说她是我的人，给她制造点舆论压力，你觉得怎么样？”阮雨声一脸得意地说。

“你怎么这么讨厌！”叶潇抬起头，脸一下红了，伸手就要打他。

“叶潇。”他捉住她的手腕，很认真的对她说，“小学毕业那天，对你说了那句狠话，这件事一直让我特别后悔。

“我不会再不辞而别了，也不会再丢下你一个人了。

“从今往后，我会一直一直陪着你。

“我们早就说好的，要永远在一起，永远不分开。”

叶潇怔怔地看着他，压抑了许久的情绪终于再也绷不住，捂着眼睛大哭了起来。

“潇潇雨声”的佳话就这样从市实验一路传到了北大，所有人都知道，金融学院的才子校草阮雨声有一个和他非常般配的女朋友，是法学院的校花叶潇。

所有人都还知道，女神校花私下里脾气不太好，而且很爱吃醋，所以校草阮雨声对每一个来要他微信的女生说的第一句话都是：“你听说过叶潇吧？”

女生们被问得一愣，下意识都点了点头。谁会没听说过叶潇呢？那个常年出现在校园招生网站封面上的女神，频频出现在各大短视频网站和论坛贴吧里的校园网络红人。

“我的微信好友都是归她管的，要不然你先扫她的码，问一下她的意见？”

女生们纷纷干笑，一边摆着手拒绝，一边对外说才子校草怕女朋友怕得连脑子都不太正常了。

大二那年，叶潇生日那天，周杰伦正好来北京首体开演唱会。阮雨声在放票的那晚找了几个室友和他一起拼手速，终于成功抢到了两张票。

叶潇生日的前一天，她和阮雨声在校内的一家咖啡店里写作业。

“明天晚上去三里屯那边吃个饭？”阮雨声问。

“好。”叶潇正在做社会实践报告需要用的PPT，随口应了一声。

“吃完饭咱们去哪儿？想看电影吗？还是逛街？”阮雨声状似漫不经心地问道。

“你后天早上不是要赶飞机和导师去广州吗？明天晚上吃完饭咱们就回学校吧，你也好早点休息。”叶潇说。

“行。”阮雨声点头答应。

叶潇生日当天，阮雨声带她去了她最喜欢的那家日料店，又在附近的蛋糕店里取了早就预订好的蛋糕。吹蜡烛许愿的时候，叶潇说今年的生日愿望是希望明年可以看一场周杰伦的演唱会。阮雨声笑着对她说：“那你男朋友努力帮你实现一下。”

两人从日料店里出来的时候，天色已经渐暗，街边有盏盏路灯亮起。

“累不累，打车回去？”阮雨声问。

叶潇“嗯”了一声。

“那我叫个车。”阮雨声从口袋里掏出手机，打开了网约车软件。

两人上车后，叶潇有点累了，把头靠在阮雨声的肩上闭上了眼睛。她不知道自己迷迷糊糊地睡了多久，忽然被阮雨声捏了下脸颊叫醒。

“到学校了？”叶潇的声音蒙蒙的。

“嗯，下车吧。”阮雨声说。

叶潇眯着眼睛推门下了车，发现所在的地方并不是学校，而是首体的大门口。

“你怎么带我来这儿了？”叶潇疑惑道。

阮雨声得意地笑，从衣服口袋里摸出了两张周杰伦演唱会的门票，手指捏着票在她眼前晃了晃，问：“你男朋友厉不厉害？”

叶潇一脸惊讶，而后温柔地笑了起来，问：“你怎么弄到的票啊？”

“找宿舍几个哥们儿一起拼的手速。”阮雨声道。

“你答应给他们什么好处了？”叶潇笑着问。

“唉，答应给他们的王者号挨个儿上分。”阮雨声无奈摇了摇头。

叶潇露出了同情的神色，踮起脚尖伸手揉了下他的头发。

“咱们现在去看演唱会的话，你明早赶飞机怎么办？起得来吗？”

“完全不影响，”阮雨声不以为然，“坐飞机的时候再睡，反正在飞机上也挺无聊的。”

叶潇和阮雨声牵着手走进了体育馆的大门口，在顺利通过安检和检票后来到了场馆内部。场内人群拥挤，人声嘈杂鼎沸，阮雨声怕叶潇被人撞到，一直用双臂把她圈在自己身前，直到两人成功找到自己的座位坐了下来。

万人的体育馆里，聚光灯收拢在舞台的中央，观众席上没有灯光，只有一片荧光色的海洋。

在沸腾的呼喊声中，叶潇和周围的粉丝们一起，兴奋地挥舞着手里的荧光棒，眼睛不眨一下地盯着台上正弹着钢琴唱《不能说的秘密》的周杰伦。阮雨声坐在她的身边，一边摆动手里的荧光棒，一边时不时地偏过头，去看身边女孩染上了光的侧脸轮廓，目光里溢满了温柔。

他们从体育馆出来的时候，已经是晚上十一点多。深夜气温骤降，有阵阵湿冷的风掠过。叶潇只穿了件雪纺布料的连衣裙，双手搓了下肩膀，膝盖无意识地向内蹭了蹭。阮雨声把提前给她带着的大衣外套从手提袋里拿了出来，裹在了她的身上。他蹲下身，把拉链给她拉好，又将大衣上的连衣帽兜在了她的发顶，用帽绳将帽子勒紧，认真地在她的下巴底下系了个结。

“不想系，太难看了。”叶潇扯着帽绳说。

“哪儿难看了？我女朋友怎么样都好看。”阮雨声笑着说。

“阮雨声。”她忽然叫他的名字。

“怎么了？”他问。

“没事，就是想叫你。”叶潇低着头笑，“阮雨声，阮雨声，阮雨声。”

她的声音忽然放低，轻飘飘的，像一片羽毛：“我的阮雨声。”

“你说什么？”阮雨声凑近了逗她问。

叶潇没理他，突然想到什么，说：“我在小学的时候申请过一个贴吧账号，专门用来追周杰伦的，不过已经很久没发过动态了。”

她说着，把手机从衣服口袋里摸了出来。想起十二岁的自己在贴吧主页上写下的那句赌气的话“最讨厌的人：阮雨声”，叶潇不禁有点想笑。她打算在下面补上一句话“最喜欢的人：还是阮雨声。只有阮雨声”。

她刚点进贴吧页面登录上账号，就发现消息栏里弹出了一个手机联系人的账号推荐。这个账号的头像是科比，用户名是一个简单的英文大写字母 R。

叶潇觉得不太对劲，下意识地点开了这个账号的主页。主页上只有一个帖子，是这个账号的主人给一个网络热门帖的回复帖。

这个热门帖的内容是——

“超准的许愿显化楼，增强吸引力，每天回复一遍自己喜欢的人的名字，你和他 / 她很快就能重逢。”

而这个账号主人的回复是——

“叶潇。”

“叶潇。”

“叶潇。”

……

……

叶潇终于知道，原来在他们分开的那三年里，他每天都在想念她。他每天都在向神明祈祷，期盼着和她的重逢。

她忽然一阵鼻酸，眼睛里有了湿意。

他为什么一直没告诉她呢？

她只记得自己初中的那三年有多难过，多想念他，却从来都不知道，他对她的思念也一样多。

“阮雨声！”叶潇抬眼瞪他，眼眶微微泛红。

“怎么了？怎么哭了？”阮雨声有些无措，慌忙抬起手去揩她眼角的泪痕，条件反射般地脱口而出，“我错了，你别哭……”

“你做错什么了就道歉？”叶潇破涕为笑。

“我……”阮雨声答不上来。

“傻不傻啊你。”叶潇说着，忽然踮起了脚尖，双手捧住他的脸，在他的唇上用力地吻了一下。

阮雨声怔怔地望着她。

“其实在初中分开的那三年里，我也很想你。就是因为实在太想你了，所以我才逼着自己一定要考上市实验的。”她笑眯眯的，看着他的眼睛，语气温柔真诚。

“阮雨声，虽然我以前总是说讨厌你，但那都是赌气说的话。

“其实我一直都喜欢你，很喜欢你。

“我只喜欢你。”

四下无人的街道上，风吹得树影晃动，附近商铺的刺眼灯牌依旧闪烁不停。阮雨声眼中的画面却是安静的，只有路灯洒下的淡黄光晕笼罩在少女的身上，平静而柔软，像个轻纱薄雾般的梦。

“那……你打算什么时候嫁给我啊？”他伸手捋了捋她耳边被风吹乱的发丝，拖着调子轻声问道。

叶潇一时没反应过来，表情有点蒙。

“过了今天你可就二十岁了，可以嫁人了。”阮雨声语气无赖，“我不管，反正你早晚要嫁给我的，我先预定了。”

“好。”叶潇伸出双臂环抱住他，仰起头弯着眼睛对他说，“先给你预定上。”

大学毕业的时候，在双方亲友的见证下，阮雨声正式地向叶潇求了一次婚。两人的工作稳定下来后，具体的婚期也被双方父母催促着提上了议程。

“要不我们偷偷把证给领了吧，给爸妈们一个惊喜。”叶潇说。

“好，听你的。”

叶潇和阮雨声打算在圣诞节那天去领证。不知道是他们身边的哪个朋友透露了消息，叶潇微博里的几十万粉丝纷纷留言要求叶潇给他们开一个领证直播。

叶潇没忍心拒绝，答应了他们。

这一年的圣诞节天气格外冷，两人从民政局出来后，阮雨声右手举着手机，一边调整镜头角度一边对着屏幕打招呼。

【啊啊啊声哥怼脸拍都好帅！】

【冷冷的狗粮在我脸上胡乱地拍……】

【我酸了我酸了。】

【潇潇雨声 kdl 呜呜呜呜呜……】

阮雨声被弹幕逗笑了，换了左手举手机，右手牵住了叶潇的手，把她的手放进了自己的羽绒衣口袋里。

在阮雨声换手的时候，手机镜头刚好晃过叶潇的侧脸和上半身。

【潇潇姐今天穿得好可爱！面包服圆鼓鼓的，像小朋友！】

【啊啊啊，好可爱的小朋友，我要抱走！】

“这位叫……草莓蓝莓话梅糖的朋友，这是我家的小朋友，你抱走一个试试？”阮雨声盯着屏幕，语气不善地说。

【哈哈哈哈哈声哥好凶。】

【哈哈哈想问一下这位姐妹心情如何？】

叶潇的唇角带了笑意，她侧过头，小声对他说：“你别贫了，认真回答一下大家的问题。”

阮雨声笑了起来，很快就表情严肃地清了下嗓子，一本正经地去读屏幕上不断弹出的问题。

“声哥可不可以给看看小本本？想看小本本……

“可以啊，你们等我一下。”阮雨声用右手摸出了衣服口袋里的结婚证，把它翻开对准了屏幕。

【啊啊啊这是什么神仙颜值！】

【两个人都好好看，太般配了呜呜呜……】

弹幕里的夸赞声和尖叫声瞬间占满了屏幕。

“是吧，我也觉得，神仙颜值，太般配了。”阮雨声一脸嘚瑟，被叶潇毫不留情地敲了下头。

【哈哈哈哈哈声哥太嘚瑟被潇潇姐教训了。】

【恭喜声哥！恭喜潇潇姐！】

【声哥潇潇姐要幸福啊！】

【声哥潇潇姐新婚快乐！长长久久！】

“你先回车上，我去买。”他们走到停车位时，阮雨声忽然侧过头，对叶潇小声说道。

“我和你一起去。”叶潇说。

“不用，你赶紧回车上暖和一会儿。”阮雨声说着打开了车门，把叶潇推上了车后，替她关好了车门。

“我现在要去前面的‘鲍师傅’，去给你们潇潇姐买她最爱吃的海苔肉松小贝。”阮雨声独自举着手机，边走边美滋滋地说道。

屏幕上，网友们的问题依旧接连不断地弹出。

【潇潇姐怎么不一起？】

“天太冷了，我让她先回车上暖和一会儿。”阮雨声回答说。

【猝不及防又被塞狗粮了……】

【想吃声哥买的海苔肉松小贝……】

“那你可能吃不到了，因为我只给你们潇潇姐当跑腿。”

【哈哈哈哈哈扎心了姐妹。】

【想知道声哥是从什么时候开始喜欢潇潇姐的！听说你们很小的时候就认识了，是真的吗？】

“我在十二岁那年就认识她了，在她还是个小女孩的时候。”

【所以声哥已经认识潇潇姐十五年了吗！】

“是啊，我已经认识她十五年了。”阮雨声笑着说，“未来我也会一直和她在一起。”

话题 # 叶潇阮雨声领证直播 # 就这样一路被粉丝们顶上了微博热搜榜。

阮雨声买完东西后就结束了直播，回到车上时，发现叶潇靠在座椅上睡着了。

他正想在手边找个薄毯子给她盖上，她忽然迷迷糊糊地转醒了过来。

“不睡了？”阮雨声凑到叶潇身前，吻了下她的眼睛问。

“嗯，不睡了。”叶潇缓了下神，问他，“直播结束了？”

“结束了，”阮雨声说，“老婆，刚才咱俩的直播上热搜了。”

“？”叶潇一脸惊讶。

“所以，咱们要不要发个微博？”阮雨声举起手机，在她面前晃了晃。

叶潇眨着眼睛笑了，说：“好啊。”

这一年圣诞节的 13 点 14 分，微博实时热搜榜的第一位和第二位再次被两个熟悉的名字占领。

@阮雨声：终于娶到了我从十二岁那年就认识的女孩。

配图：一张红底白衬衣的结婚照。

@叶潇：十二岁的阮雨声真的好讨厌 //@阮雨声：终于娶到了我从十二岁那年就认识的女孩。[图片]

配图：一张两个小朋友的小学毕业合影。照片中，小女孩一本正经地对着镜头微笑，小男孩却扮着鬼脸，一只手不老实地在小女孩的头顶上比了个耶。

叶潇转发了阮雨声的微博后，她的评论区里瞬间热闹一片。

【哈哈哈声哥被潇潇姐吐槽了。】

【潇潇姐和声哥小时候都好萌！两个人从小就是神仙颜值！太般配了！】

叶潇看着一条条新增的评论，忍不住笑了。

十二岁那年的阮雨声真的好讨厌，可她被阮雨声打开心门，也是在十二岁那年。

最讨厌的人是阮雨声，最喜欢的人也是阮雨声。

最想欺负的人是阮雨声，最想保护的人也是阮雨声。

能够牵动叶潇所有最真实的情绪感受的人。

自始至终都只有阮雨声。

幸运的是，她没有嫁给任何人，而是嫁给了这个世界上她唯一深爱的阮雨声。

他们会一直陪伴在彼此身边。

从十二岁那年，到未来的很多很多年。

后记

写下这个故事的灵感，和我曾经认识的一个学姐有关。

她长相漂亮，气质冷清，成绩很好，学过钢琴和舞蹈，作文经常被全年级印发，字迹工整得就像打印机打出来的一样。

我经常能听见身边的同学提起她，每每提起她时，大家总是会提起一个少年。

听说他们在小学时是很好的玩伴，后来在时光里走散，却仍然彼此惦念，互相喜欢。

整个中学时代里，少年的名字在她面前一再被提及，她却每次都只是否认和回避。后来，在她读大学时，我听同学们说，她恋爱了。

当然，恋爱对象不是那个少年。

学姐恋爱顺利，少年的名字也终究只变成了一个秘密，被封存在了时光的琥珀里。她和少年之间的故事，我至今不得而知。

去年，在写完《暗恋这件难过的小事》之后，我开始构思下一个故事。

某天听到《各自安好》这首歌，又恰巧想起这个学姐，我忽然想，要不要写下一个双方互相深深喜欢，却因为不肯表达而彼此错过的故事。

而这个故事的女主角，是一个像她一样的女孩。

《暗恋这件难过的小事》里，林絮自卑胆怯，拼尽全力去追逐她的少年，却不敢对他说出一句喜欢。而这本书里的叶潇，同样是一个对爱表现得小心翼翼的女孩——公主般的骄傲外壳下，包裹着的是对自己值得被爱这件事本身的不信任。和叶风的直白简单、大大咧咧相比，阮雨声更加细心成熟，却也更加含蓄隐忍，难以勇敢说爱。

两个人将爱意深埋于心底，不肯让对方找到蛛丝马迹，彼此之间的缘分就这样硬生生错开。

或许人的一生真的足够长，但并不是有一生的时间可以让每个人用来退却和等待。

实际上，我们轰轰烈烈的青春仓促而短暂，前后不过只有几年的时间。

而浓烈青春里未能宣之于口的晦涩爱意，却往往成为我们整个人生之中再难有机会去弥补的遗憾。

前段时间，我去看了电影《暗恋橘生淮南》，印象最深的是影片最后出现的字幕。

“表白吧，就现在。”

表白吧，趁现在我们还在彼此身边。

因为爱意本就不必刻意隐瞒，逃避和试探也未必比大声说爱来得更加简单。不要等到彼此已经被时间的河流冲散，才开始尝试勇敢。

也曾经有读者问过我，对于已经错过的感情，究竟该如何释怀。

我一直在思索答案，最后在这本书中，我写下了《叶潇番外》。

我得出的答案是，带着遗憾向前走，并感谢曾经美好的遇见。

《各自安好》这首歌的评论区里有这样一条留言：“《后来》的答案是《各自安好》。”

我相信，我们最终都会释怀，或早或晚。

毕竟人生漫漫，还有更多美好在等待我们去发现。收获属于自己的幸福，才是爱情真正的终点站。

孟栀晚